Monika Felten

Geheimnisvolle Reiterin

Die Suche nach Shadow

ENSSLIN

Für Björn und Nico,
die Pferde und
Geschichten lieben

3. Auflage 2004

Ensslin-Anschrift: Harretstraße 6, 72800 Eningen

Vignetten: Dorothee Scholz
Covergestaltung: INIT, unter Verwendung je eines Fotos von
Dan Kenyon, Pat Powers und Cherryl Schafer, © gettyimages
Gesamtherstellung: Westermann, Braunschweig
Printed in Germany
ISBN 3-401-45095-6

Was wird aus Spikey?

»Armer Spikey!« Miriam Deller, die Besitzerin des Reiterhofes Danauer Mühle, blickte voller Sorge zu dem großen, gescheckten Pony hinüber, das teilnahmslos am Rande der Koppel stand. »Ich glaube, er vermisst sie.«
Die ältere Frau neben ihr nickte betrübt. »Wir hatten so etwas schon befürchtet. Susanna und das Pony waren ein Herz und eine Seele, und das, obwohl wir Spikey erst im vergangenen Jahr gekauft haben.«
»Dabei gibt es hier so viele Mädchen, die sich gerne um Spikey kümmern würden, bis Ihre Tochter wieder da ist. Sie haben sich fast darum gestritten.«
»Ich weiß. Am Anfang hat es mit Katja auch hervorragend geklappt, sonst wäre Susanna niemals geflogen.«

»Und? Haben Sie ihr schon gesagt, dass Spikey keines der Mädchen an sich heranlässt, Frau Meinert?«, wollte die Reiterhofbesitzerin wissen.
»Bis jetzt nicht. Sie glaubt, dass sich Katja um Spikey kümmert.« Frau Meinert lehnte sich auf das hölzerne Tor zur Koppel und drehte den Autoschlüssel gedankenverloren in den Händen. »Wissen Sie, ich möchte nicht, dass sich Susanna Sorgen macht. Sie musste so lange auf den Schüleraustausch warten und ist so glücklich dort drüben ...« Sie seufzte. »Ich kann nur hoffen, dass sich Spikey bald wieder normal verhält.«
»Also, wenn er weiter so schlecht frisst, müssen wir wohl den Tierarzt holen. Sein Fell ist schon ganz stumpf«, meinte Miriam Deller. »Und was das Reiten angeht, habe ich momentan keine Lösung. Nein, so einem dickköpfigen Pferd bin ich in all den Jahren, die ich mit Pferden arbeite, nicht begegnet. Weder Katja noch die Mädchen, die ihn hin und wieder geritten haben, lässt er inzwischen an sich heran. Tanja hat er gestern sogar fast gebissen, als sie ihn in den Stall führen wollte.«
»Wenn Sie Probleme haben, Spikey in den Stall zu bringen, dann lassen Sie ihn über Nacht einfach auf der Koppel«, beeilte sich Frau Meinert zu erklären, der die ganze Angelegenheit unangenehm war. »Ich möchte auf keinen Fall, dass er jemanden verletzt.«
»Das geht natürlich nur, solange die Nächte noch so mild sind. Im Herbst ...«
»... haben wir hoffentlich längst jemanden gefunden, der sich um Spikey kümmert«, beendete Frau Meinert den Satz der Reiterhofbesitzerin. »Wenn Susan-

na erfährt, wie schlecht es ihrem Spikey geht, will sie sicher sofort zurückkommen. Aber dieser Schüleraustausch ist eine einmalige Gelegenheit für sie. Sie wissen doch, dass sie später einmal Sprachen studieren möchte. Dafür ist ein gutes Englisch Gold wert. Ich denke, wenn sich hier auf dem Hof niemand findet, werde ich es mal mit einer Annonce im Zwissauer Anzeiger versuchen.«

Miriam Deller seufzte. »Ich hoffe, dass Sie Erfolg haben. Saskia, Regine und Denise kommen Montag aus den Ferien zurück. Wenn sie ebenfalls nicht mit Spikey klarkommen, bin ich mit meinem Latein am Ende.«

Mit einem letzten Blick auf das gescheckte Pony wandten sich die beiden Frauen um und gingen zurück zum Parkplatz, wo Frau Meinert ihren Wagen abgestellt hatte.

Spikey sah ihnen nach und schnaubte leise. Dann setzte er sich in Bewegung und trottete, ohne den saftigen Klee unter seinen Hufen auch nur eines Blickes zu würdigen, den Hügel hinunter, um seinen Durst am Bach zu löschen.

Nächtliche Schatten

Mailin blinzelte. Gerade schob sich die noch unvollendete Mondscheibe hinter den Wolken hervor und verzauberte die Wiese, auf der die Elfenpferde grasten, in eine märchenhafte Landschaft aus Licht und Schatten.

Der silberne Schein ließ das herrliche weiße Fell der Schimmel glänzen, während sie langsam durch die wogenden Nebelschleier schritten, die sich über den Niederungen des Auetals gebildet hatten.

Das Elfenmädchen hob den Blick zum Himmel und genoss den würzigen Duft der Nacht. Schon immer hatte sie eine Vorliebe für stimmungsvolle Sommernächte gehabt. Deshalb hatte sie heute auch freiwillig die Nachtwache für die Pferde des Elfenkönigs übernommen.

In einem Anflug von Zärtlichkeit sah sie zu den friedlich grasenden Pferden hinüber, während sie sich auf den Weg zum nahen Bach machte, um die Herde von dort zu beaufsichtigen.

Wie immer gab es nicht viel zu tun. Mailin setzte sich auf ihren Lieblingsplatz, einen großen Stein am Ufer des Baches, und ließ ihren Atem in kleinen weißen Wölkchen in die Nacht aufsteigen. Sie beobachtete die Sterne. Ihren Platz unter den Pferdehütern am Hof hatte sie hart erarbeiten müssen, denn das Amt war bei den Elfen sehr begehrt.

Aber sie hatte es geschafft! Mailin liebte Pferde, seit sie ein kleines Mädchen war, und die schönsten und stolzesten von ihnen gab es zweifellos hier, in der Herde des Königs. Außer Gohin natürlich! In Gedanken entschuldigte sie sich bei ihrem treuen Freund und Begleiter. Kein anderes Pferd würde diesem temperamentvollen Hengst je das Wasser reichen können. Hier zu sitzen und die prächtigsten Tiere des Elfenreiches im Mondschein weiden zu sehen, war trotzdem etwas ganz Besonderes.
Der Leithengst hieß Elohin, die Stute an seiner Seite Aiofee. Bei dem Gedanken an das Lieblingspferd der Königin blieb Mailins Blick voller Sorge an der Stute hängen. Aiofee wirkte erschöpft. Ihr Fell war stumpf und ihre Schritte unsicher. Es war der erste Abend, den sie nach der schweren Geburt ihres Fohlens wieder auf der Weide verbrachte.
Das wird schon werden, beruhigte Mailin sich selbst. Aiofee ist jung und kräftig, in ein oder zwei Tagen wird man ihr die Strapazen kaum noch anmerken. Allerdings blieb ein bitterer Beigeschmack. Vom Hofheiler hatte sie erfahren, dass Aiofee nie wieder fohlen konnte.
Wie von selbst fiel der Blick des Elfenmädchens auf den kleinen, rabenschwarzen Hengst, der seiner Mutter langsam zum Bach folgte. Shadow, das Pferd des Elfenprinzen Liameel! Nie zuvor hatte sie ein schöneres Fohlen gesehen. Natürlich hieß das Fohlen nicht wirklich so. Sein richtiger Name war: Staja-Ame, was so viel bedeutete wie Weißer Pfeil. Aber solange das Fohlen noch schwarz war, erschien Mailin

der Name nicht ganz passend, deshalb nannte sie es Shadow.
In jedem Fall konnte Aiofee stolz auf ihren Sohn sein. Sein Fell schimmerte wie schwarze Seide und auf seiner Stirn funkelte eine weiße Blesse in Form einer Mondsichel. Neugierig trat er neben seiner Mutter an den Bach, dessen glatte Oberfläche die Silhouetten der beiden Pferde wie ein Spiegel wiedergab. Shadow ahmte seine Mutter nach und streckte seine Nüstern neugierig dem Wasser entgegen. Als sie jedoch in das kalte Nass hineintauchten, sprang er erschrocken zurück. Ein leises, beruhigendes Wiehern Aiofees konnte ihn gerade noch davon abhalten, einfach davonzulaufen. So blieb er einige Schritte vom Ufer entfernt stehen und blickte misstrauisch zum Bach hinüber.
Plötzlich zerriss ein lauter Knall die friedliche Stille der Nacht und ließ die prächtigen Schimmel auf der Wiese zusammenzucken. Augenblicklich setzten sie sich in Bewegung und flohen in gestrecktem Galopp in einen schützenden Erlenhain.
Shadow war so verwirrt, dass er der Herde nicht folgte. In blinder Panik raste er am Ufer des Baches mal hierhin, mal dorthin, schlug Haken und wieherte ängstlich. Seine bockigen Sprünge führten ihn immer näher an ein Dickicht heran, in dessen dunklem Schatten sich etwas bewegte. Das Fohlen bemerkte es nicht. In seiner Furcht schien es nicht einmal das schrille Wiehern seiner Mutter zu hören, die auf der Lichtung angehalten hatte, um auf ihren Sohn zu warten. Dann ging alles sehr schnell. Ein großes,

grobmaschiges Netz flog über das Dickicht und senkte sich unheilvoll über den jungen Hengst.

»Shadow! Lauf!« Mailin hatte die Gefahr erkannt und stürmte auf das Fohlen zu. Ihr Warnschrei nützte nichts. Der kleine Hengst war völlig verstört und unfähig zu reagieren. Wie angewurzelt stand er da und starrte Mailin aus seinen dunklen Augen an. Sie rannte, so schnell sie konnte, während sein Körper bereits unter den Leinenstricken verschwand. Shadow strauchelte und kippte zur Seite, wo er strampelnd liegen blieb. Alle Versuche, sich aus dem Netz zu befreien, waren vergebens und führten nur dazu, dass er sich immer weiter in den Maschen verstrickte.

»Nein!« Mailin hatte das Fohlen fast erreicht, als auch sie stürzte. Irgendetwas wickelte sich um ihre Füße und riss ihr die Beine in vollem Lauf unter dem Körper weg. Der Aufprall war so hart, dass er Mailin kurze Zeit den Atem nahm. Sterne tanzten vor ihren Augen und in ihren Ohren rauschte das Blut. Noch bevor sie die Benommenheit abschütteln konnte, spürte sie, wie ihre Arme nach hinten gerissen wurden. Jemand fesselte sie!

»Wenn du friedlich bleibst, geschieht dir nichts«, hörte sie eine tiefe Stimme hinter sich sagen. Es folgte ein heftiger Ruck, mit dem die Fesseln an ihren Handgelenken festgezurrt wurden. Der stechende Schmerz trieb Mailin die Tränen in die Augen, aber sie wehrte sich nicht. Dann ließ der Angreifer ihre Hände los und ein Rascheln verriet, dass er sich aufrichtete.

Als sich seine Schritte entfernten, hob Mailin vor-

sichtig den Kopf. Tränen verschleierten ihren Blick und das hohe Gras nahm ihr fast die Sicht. Nur verschwommen konnte sie die vier Gestalten erkennen, die sich eben daranmachten, das gefangene Fohlen fortzuschaffen. Shadow wieherte schrill und wehrte sich, doch er hatte keine Chance.
Mailin hörte Aiofee wiehern. In rasendem Galopp preschte die Stute über die Lichtung, um ihrem Fohlen zu helfen.
»Aiofee!« Mailins Stimme war nicht mehr als ein Krächzen. Im selben Moment bemerkte sie, wie eine der Gestalten niederkniete, einen Langbogen zur Hand nahm und der aufgebrachten Stute einen wohl gezielten Pfeil entgegenschickte.
»Aiofee, pass auf!« Mailin rief, obwohl sie wusste, dass ihre Warnung zu spät kam. Verzweifelt schloss sie die Augen und hoffte, dass der Pfeil sein Ziel verfehlte. Vergeblich. Mitten im Galopp brach Aiofee zusammen, überschlug sich und blieb, einen Pfeil in der Flanke, reglos im hohen Gras liegen.
»Aiofee! Shadow!« Mailins Schultern bebten. Sie musste etwas unternehmen! Irgendetwas!
Doch schon der Versuch, sich aufzurichten, scheiterte an den engen Fesseln. So musste sie hilflos mit ansehen, wie Shadow davongetragen wurde.

Im neuen Heim

»Auf dem Reiterhof Danauer Mühle findet in drei Wochen ...«

Etwas raschelte. Anette Wiegand stellte einen schweren Umzugskarton mit Büchern mitten im Raum ab und schaltete das Radio aus.

»He, was soll das?« Mit einem Satz sprang Julia aus dem schwarzen Ledersessel, der abgesehen von den vielen braunen Umzugskartons das einzige Möbelstück im ansonsten leeren Wohnzimmer war. »Ich wollte das hören, Mama!« Die Zwölfjährige kniete sich auf den Fußboden und schaltete das Radio wieder ein. Zu spät. Die Regionalnachrichten waren schon vorbei. »So ein Mist!«, schimpfte sie. Das Wort »Reiterhof« hatte sie aufhorchen lassen. Zu gern hätte sie erfahren, was dort in drei Wochen stattfinden sollte. Und nun hatte sie es verpasst.

»Du könntest ruhig ein paar Kartons hereintragen«, hörte sie ihre Mutter vom Flur her sagen.

Julia seufzte und verdrehte die Augen. »Ich hab doch alle Sachen in mein Zimmer gebracht.«

»Schön, das freut mich, aber draußen im Wagen stehen noch mindestens zwanzig andere Kartons.« Die Stimme klang, als wäre ihre Mutter schon wieder vor der Haustür. »Sei so gut und hilf mir, sonst versperrt der Transporter die Auffahrt, wenn Vati mit dem Möbelwagen kommt.«

Missmutig schälte sich Julia aus dem Sessel. Hatte SIE vielleicht umziehen wollen? Nein! Nie im Leben wäre sie freiwillig aus Auerbach fortgegangen, und wenn, dann sicher nicht in ein so gottverlassenes Nest wie Neu Horsterfelde. Aber sie war ja nicht gefragt worden. Wahrscheinlich hätte es ohnehin keinen interessiert, was sie wollte, obwohl alle erwarteten, dass sie sich eifrig an der vielen Arbeit beteiligte, die der Umzug mit sich brachte.

Wehmütig dachte sie an Auerbach, den kleinen Ort am Rande des Taunus, der nicht mehr ihre Heimat sein sollte. Die alten Fachwerkhäuser mit den Geranien auf den Fensterbänken kamen ihr in den Sinn und die schlecht ausgebaute Dorfstraße, auf der die Autos wegen der Schlaglöcher oft nur ganz langsam fahren konnten.

Sie dachte an Kaja und Britt, ihre besten Freundinnen, mit denen sie nie mehr durch die Wälder und Wiesen des Auerbachtals reiten konnte. Und plötzlich, ohne dass sie etwas dagegen unternehmen konnte, war das Heimweh da.

Mit dem Gedanken an Kaja und Britt kamen auch Erinnerungen zurück, die Julia schon den ganzen Tag zu verdrängen versuchte. Erinnerungen, die ihr größeren Kummer bereiteten als die an ihr Elternhaus oder ihre Freundinnen. Chenna, Dixi, Susi und all die anderen Pferde des Auerbach-Hofes waren es, die sie unendlich vermisste. Vor allem natürlich ihre Chenna. Das zottige weiße Pony war von der ersten Reitstunde an ihr Lieblingspferd gewesen. Mit keinem anderen hatte sie so viele Ausritte unternommen wie mit der temperamentvollen Stute, die unermüdlich galoppieren konnte und bei deren weiten Sprüngen sie fast das Gefühl hatte, zu fliegen. Dass Chenna nur ein Reitschulpferd war und nicht ihr eigenes, hatte Julia einfach ignoriert. Eifersüchtig hatte sie darauf geachtet, dass niemand anderes sich um ihre Chenna kümmerte, und deshalb auch mehr Zeit auf dem Auerbach-Hof verbracht als zu Hause.

Ach, Chenna, meine Chenna. Julia fühlte, wie sich ihre Augen mit Tränen füllten. Kaja hatte zwar versprochen, sich gut um ihr geliebtes Pony zu kümmern, doch das tröstete sie kaum. Nie wieder würde sie Chennas prächtige Mähne striegeln, nie wieder die weichen Nüstern an ihrer Wange spüren, nie wieder ...

»Pass doch auf, Julia!« Fast wäre sie mitten in der Tür zum Wohnzimmer mit ihrer Mutter zusammengestoßen.

»Entschuldigung!« Julia schniefte und wischte sich mit der Schulter eine Träne von der Wange.

»Du weinst ja!« Fürsorglich nahm Anette Wiegand ihrer Tochter den Karton ab. »Ist es wegen ...?«

»Ach, lass mich in Ruhe!« Julia konnte ihre Tränen nicht zurückhalten. Wütend stürmte sie die Treppe zu ihrem Zimmer hinauf und knallte die Tür hinter sich zu. Was sie am wenigsten gebrauchen konnte, waren irgendwelche tröstenden Worte ihrer Mutter. Schließlich waren ihre Eltern schuld daran, dass sie Chenna verlassen musste.

»Du musst das verstehen, Julia«, hatte ihre Mutter kurz vor den Sommerferien zu ihr gesagt. »Wenn Vati den Job in Norddeutschland nicht angenommen hätte, wäre er arbeitslos geworden. Und mit fast fünfzig würde er so schnell keine neue Arbeit finden. Wir müssen umziehen. Wir haben keine andere Wahl.«

Schon zwei Wochen nach Beginn der Sommerferien waren die Umzugskartons gepackt und der Möbelwagen stand vor der Tür. Alles war bestens vorbereitet. Und Julia, die bis dahin verzweifelt gehofft hatte, es würde nicht so weit kommen, begriff nun, dass man sie vor vollendete Tatsachen gestellt hatte. Ihre Eltern hatten wirklich bis zum allerletzten Moment gewartet, um ihr die Neuigkeiten mitzuteilen. »Wir ahnten, wie unglücklich du darüber sein würdest, und wollten nicht, dass du dich unnötig lange quälst«, war Vaters Antwort auf die Frage, warum sie es ihr nicht früher gesagt hatten. Dabei war sie so noch unglücklicher! Nur zwei Wochen hatte sie Zeit gehabt, sich von allen zu verabschieden. Zwei viel zu kurze Wochen, in denen sie jede freie Minute mit Chenna verbracht hatte, als könnte sie die Zeit des Abschieds hinauszögern.

Ach, Chenna!

Wie schön war es immer gewesen, wenn sie mit ihrem Pony ausritt. In den dichten Wäldern rund um Auerbach konnte Julia ihrer Fantasie freien Lauf lassen, während sie Chennas sanften Dreischlag genoss. Sie brauchte nur die Augen zu schließen und aus dem zwölfjährigen Mädchen, das mit einem Reitschulpony ausritt, wurde Prinz Mio aus dem Land der Ferne, der mit seinem Pferd Miramis die

Brücke des Morgenlichts überquerte. Oder sie wurden zu Atréju und Artax, die auf der Suche nach einem neuen Namen für die kindliche Kaiserin durch die endlose Steppe Phantasiens streiften.
Julia seufzte. Pferde und Abenteuer gehörten in ihrer Vorstellung untrennbar zusammen. Doch leider gab es so etwas nur in Büchern zu lesen. Sie hätte alles dafür gegeben, mit Chenna einmal ein richtiges Abenteuer zu erleben.
»Es ist ein Jammer mit dir, Julia«, hatte ihre Reitlehrerin auf dem Auerbach-Hof oft geklagt. »Du reitest wie ein Cowboy. Dabei hättest du die besten Voraussetzungen dafür, eine erfolgreiche Dressurreiterin zu werden. Du solltest lieber mehr trainieren, statt immer nur durch die Wildnis zu reiten.« Aber Julia wollte nicht trainieren. Sie hatte kein Interesse an Piaffen und Pirouetten. Ihr höchstes Glück war es gewesen, mit Chenna im Galopp über die Wiesen zu preschen. Und jetzt gab es keine Chenna mehr, auf deren Rücken sie träumen konnte.
Schluchzend lag Julia auf ihrem Schlafsack, das Gesicht im Kopfkissen vergraben.
»Julia?« Anette Wiegand steckte den Kopf durch den Türspalt und setzte sich zu ihrer Tochter.
»Lass mich in Ruhe!« Ohne aufzublicken schüttelte Julia die Hand ihrer Mutter ab, die tröstend über ihr Haar streichen wollte. »Ihr seid schuld. Vati und du! Ihr allein seid schuld daran, dass ich meine Chenna nicht mehr habe. Ihr, ihr …« Julia schluckte die bissigen Worte, die ihr auf der Zunge lagen, im letzten Moment hinunter. Das würde nur Streit geben, und

damit war keinem geholfen. Sie wollte bloß allein sein und wünschte, ihre Mutter würde wieder verschwinden.

»Ich kann dich verstehen, Julia. Auch uns ist der Abschied von Auerbach nicht leicht gefallen, glaub mir«, sagte ihre Mutter. »Das Leben ist eben manchmal ungerecht.«

»Pah!« Julia schnaubte wütend. Was wussten die Erwachsenen schon! Ihre Mutter war doch nie selbst geritten. Wie wollte sie da nachempfinden können, was jetzt in ihrer Tochter vorging? Trotzig griff Julia nach ihrem Kissen und zog es sich über den Kopf. Erst jetzt verstand sie wirklich, wie sich Atréju gefühlt haben musste, als er seinen geliebten Hengst Artax in den Sümpfen der Traurigkeit versinken sah, denn genau wie er Artax hatte sie ihre Chenna für immer verloren. Kein tröstendes Wort konnte daran etwas ändern.

Julias eindeutige Geste verfehlte ihre Wirkung nicht. Schon bald spürte sie, wie ihre Mutter aufstand und hinausging. Julia rührte sich nicht und blieb für den Rest des Abends in ihrem Zimmer. Sie hörte den Möbelwagen kommen und die Stimme ihres Vaters auf dem Flur. Obwohl sie inzwischen Hunger hatte und sich schrecklich langweilte, ging sie nicht hinunter. Sie wollte ihre Eltern spüren lassen, wie sehr sie litt. Sollten sich die beiden ruhig Vorwürfe machen für das, was sie ihr angetan hatten.

Aber ihre Eltern hatten an diesem Abend offenbar gar keine Zeit dazu. Zusammen mit den Möbelpackern arbeiteten sie bis weit in die Nacht hinein.

Erst gegen zwölf Uhr nahm das Rumpeln und Poltern unten im Haus ein Ende. Julia, die am Fenster saß und in die Dunkelheit hinausstarrte, sah den großen Lastwagen die Auffahrt hinabfahren.
Zwei Stunden später kehrte endgültig Ruhe ein und Julia hörte leise Schritte die gewundene Holztreppe heraufkommen. Hastig rollte sie sich in dem Schlafsack zusammen, in dem sie schlief, bis die Möbel aufgebaut waren, und löschte das Licht. Sie schaffte es gerade noch, ihre langen Haare etwas zu verwuscheln, da ging auch schon die Tür auf.
»Sei leise, sie schläft!«, hörte sie ihre Mutter flüstern. Julia hielt die Augen fest geschlossen und bemühte sich um gleichmäßige Atemzüge.
»Es ist schlimmer für sie, als wir dachten!«, sagte ihr Vater.
»Wir hatten keine Wahl, Martin«, gab ihre Mutter zu bedenken. »Und die Reitstunden hätten wir in Auerbach auch nicht mehr bezahlen können.«
»Sie war dort so glücklich!« Julias Vater seufzte. »Hast du es ihr denn schon gesagt?«
Noch mehr Geheimnisse? Julia horchte auf.
»Nein.« Sie konnte förmlich sehen, wie ihre Mutter den Kopf schüttelte. »Sie hatte vorhin einen Wutanfall und wollte nicht mehr mit mir sprechen.«
»Aber es hätte sie vielleicht etwas aufgemuntert.«
»Oder auch nicht. Du kennst doch Julia. Wenn sie richtig wütend ist, ist nur schwer an sie heranzukommen. Wahrscheinlich hätte sie einfach auf stur geschaltet.«
»Hm, meinst du?«

»Es wäre wirklich nicht der richtige Moment gewesen«, bekräftigte ihre Mutter. »Und außerdem wollte ich damit warten, bis du da bist.«

»Wie auch immer, jetzt ist es dafür zu spät«, meinte ihr Vater. »Sie schläft. Ich wünschte nur, wir könnten etwas mehr tun, um sie zu trösten.«

Julia wäre am liebsten aufgesprungen und hätte gerufen: »Ja, das könnt ihr! Ihr braucht mir bloß meine Chenna wiederzugeben.« Doch sie sagte nichts. Verbissen presste sie die Lippen zusammen und stellte sich schlafend.

»Du machst dir zu viele Sorgen, Martin«, beteuerte ihre Mutter. »Julia ist ein aufgeschlossenes Mädchen. Sie wird sich hier schneller zurechtfinden, als wir denken. Und wenn sie erst einmal in der neuen Schule ist, wird sie auch neue Freundinnen finden, da bin ich ganz sicher.«

An den tappenden Geräuschen erkannte Julia, das ihre Eltern wieder zur Tür gingen.

»Ich kann nur hoffen, dass du Recht behältst«, hörte sie ihren Vater sagen. »Aber die Sommerferien sind noch lang und die paar ...«

Die Zimmertür fiel mit einem leisen Schnappen ins Schloss und Julia war allein.

Blinzelnd richtete sie sich auf und warf einen Blick auf ihren Wecker. Schon weit nach Mitternacht, ich sollte wirklich schlafen, dachte sie. Gähnend legte sie sich auf den Rücken, verschränkte die Arme hinter dem Kopf und starrte an die Decke. Der Gedanke, dass die Eltern ihr etwas verheimlichten, schwirrte unablässig in ihrem Kopf herum. Was konnte das sein? Dem Gespräch nach zu urteilen wohl nichts Schlechtes – zumindest nicht in den Augen ihrer Eltern. Aber was? Julia seufzte. Wenn sie sich lange darüber den Kopf zerbrach, würde sie wohl kaum einschlafen können.

Um sich abzulenken, ließ sie ihren Blick zum Fenster wandern, das – noch ohne Vorhänge – wie ein dunkles Loch in der Mauer gähnte. Die dichte Wolkendecke, hinter der sich die Sonne den ganzen Tag versteckt hatte, war verschwunden und der Mond stand hell und klar am Himmel.

Wer Chenna heute wohl geritten hatte? Britt? Sicher nicht, die hatte ja ihren Dixi. Kaja? Vielleicht. Ihre Susi hatte sich vor drei Tagen beim Springen verletzt und musste sich schonen. Hoffentlich hatte sie Chenna danach auch sorgfältig die Hufe ausgekratzt. Julia hatte sie extra noch kurz vor der Abfahrt angerufen, um ihr zu sagen, wie wichtig das bei Chenna war. Und hoffentlich hatte sie Chennas Box auch ordentlich ausgemistet. Julia hasste nichts mehr als verkrustete Reste von Pferdeäpfeln, die am Morgen mühsam aus Chennas weißem Fell gebürstet werden mussten.

Irgendwann musste sie dann doch eingeschlafen sein. Als sie ihre Augen das nächste Mal öffnete, wurde es schon hell. Grauer Nebel, der vom Horsterfelder See herüberkam, hing träge zwischen den Bäumen. Kein Lüftchen regte sich und die taufeuchten Blätter warteten reglos auf die wärmenden Strahlen der Augustsonne. Ein herrlicher Morgen für einen Ausritt! Julia unterdrückte gerade noch rechtzeitig

den Impuls loszulaufen, um nach ihrer Kappe und den Reitstiefeln zu suchen, wie sie es daheim in Auerbach an einem solchen Morgen getan hätte.
Ich bin ja nicht zu Hause!
Der Gedanke, nicht mehr in Auerbach zu sein – nie mehr –, jagte ihr einen schmerzhaften Stich durch die Brust. Julia fühlte, wie sich ihre Augen mit Tränen füllten. Oh nein, dachte sie. Bloß nicht wieder heulen. Ich muss dringend etwas unternehmen, das mich ablenkt, sonst werde ich krank vor Heimweh.
Entschlossen schlüpfte sie in Jeans und Turnschuhe und streifte ein dünnes Sweatshirt über das T-Shirt, in dem sie geschlafen hatte. Was immer die Eltern ihr zu sagen hatten, würde warten müssen. Die Sonne lockte. Sie musste raus!
Lautlos schlich Julia die Treppe hinunter. Hinter der Schlafzimmertür ihrer Eltern war noch alles ruhig. Kein Wunder. Immerhin hatten die beiden die halbe Nacht herumgeräumt, in der Hoffnung, wenigstens etwas Ordnung in das Chaos zu bringen, das die Möbelpacker hinterlassen hatten.
Viel hatten sie allerdings nicht erreicht, fand Julia, als sie sich im Wohnzimmer umsah. Mit den sorgfältig verpackten Möbeln und den vielen Kartons glich das Haus eher einer Lagerhalle. Man brauchte schon sehr viel Fantasie, um sich vorzustellen, wie es hier später einmal aussehen würde.
Vorsichtig umrundete Julia die vielen Hindernisse und Stolperfallen auf dem Flur und ging in die Küche. Weil die Küchenzeile schon im Haus vorhanden war, sah es hier halbwegs eingerichtet aus. Auf

der Arbeitsplatte fand Julia einen Kugelschreiber und einige bedruckte Zettel. Überzeugt, dass es wenig Sinn haben würde, irgendwo nach einem leeren Blatt zu suchen, drehte Julia kurzerhand einen der Zettel um und schrieb eine kleine Nachricht für ihre Eltern auf die Rückseite.

»Bin unterwegs – mit meinem Fahrrad!«

Das war zwar ein wenig einsilbig und vielleicht würde sich ihre Mutter Sorgen machen. Sollte sie doch. Weil sie noch keinen Schlüssel besaß, verließ Julia das Haus durch die Terrassentür im Wohnzimmer. An einem Sonntagmorgen waren wohl kaum Einbrecher unterwegs, schon gar nicht in einem so gottverlassenen Nest wie Neu Horsterfelde. Und so konnte sie ohne Probleme wieder ins Haus, falls ihre Eltern den Vormittag verschliefen.

Julias Mountainbike lehnte an der Wand unter der überdachten Terrasse hinter den Rädern ihrer Eltern. Es kostete sie einige Mühe, es hervorzuholen ohne die anderen Räder umzuwerfen, aber sie schaffte es. Ein prüfender Blick auf das staubige Gefährt machte deutlich, dass sie nicht sofort losfahren konnte. Nicht wegen des Staubes, nein: Der Vorderreifen hatte einen Platten.

Kein Wunder, es muss eine Ewigkeit her sein, seit ich das letzte Mal damit gefahren bin, dachte Julia. In Auerbach hatte sie ihr Rad so gut wie nie benutzt. Der Auerbach-Hof, die Reitschule, in der sie fast ihre gesamte Freizeit verbracht hatte, lag nur wenige hundert Meter von ihrem Elternhaus entfernt.

Obwohl sie es eigentlich nicht wollte, spürte Julia

schon wieder das verräterische Kribbeln in der Nase, mit dem sich die Tränen ankündigten. Hastig schluckte sie die aufkommende Traurigkeit hinunter und pumpte den Vorderreifen auf. Sie würde gleich eine lange Radtour machen, um auf andere Gedanken zu kommen und – vielleicht sah sie unterwegs ja auch ein paar Pferde.

Als Julia mit ihrem Mountainbike die Auffahrt hinunterzockelte, fühlte sie sich tatsächlich etwas besser. Der herrliche Morgen und die Aussicht auf einen schönen Ausflug taten ein Übriges, um ihre Laune zu heben.

Eine Frau im Jogginganzug sprintete im Dauerlauf an ihr vorbei. »Guten Morgen«, grüßte Julia freundlich, doch die Frau war so außer Atem, dass sie ihr zur Antwort nur zunicken konnte. Julia blickte ihr nach und überlegte, in welche Richtung sie fahren sollte. Die Auswahl war geradezu überwältigend. Immerhin hatte sie zwei Möglichkeiten: rechts oder links. Links standen auf beiden Straßenseiten etwa zehn Einfamilienhäuser mit großzügigen Vorgärten. Weiter hinten konnte Julia einen Bauernhof erkennen. Auf der freien Fläche zwischen den Häusern und dem Hof befanden sich die Neu Horsterfelder Bushaltestelle und der Briefkasten. Rechts endete das Dorf unmittelbar hinter dem Haus des Nachbarn und die angrenzenden goldgelben Felder lagen schon einladend im Sonnenschein. Das war's! Viel mehr gab es hier nicht zu entdecken.

Willkommen in Neu Horsterfelde! Julia lächelte grimmig, entschied sich dann aber für die Sonne und

trat in die Pedale. Die schmale, einspurige Dorfstraße führte sie an hohen Hecken vorbei, die die Felder entlang der Straße säumten, bis hin zu einem alten Gehöft. Hier bog Julia in eine Lindenallee ein, an deren Ende die Straße über einen kleinen Fluss führte. Julia hielt an, lehnte ihr Mountainbike an das eiserne Brückengeländer und blickte ins Wasser. Ruhig und friedlich strömte es dahin. Es war so klar, dass sie mühelos die Schwärme winziger Jungfische erkennen konnte, die sich über den Wasserpflanzen ihren Weg stromaufwärts suchten.
Zwei Kanufahrer, die ihr Boot am Fuß der Brücke zu Wasser ließen, grüßten freundlich zu ihr herauf. Der Mann und die Frau waren mit ihren Vorbereitungen schon fast fertig. Nachdem sie ihren Hund eingeladen hatten, stiegen auch sie ins Boot und fuhren stromabwärts davon. Julia blieb noch einen Moment auf der Brücke stehen, starrte ins Wasser und hing ihren Gedanken nach.
Plötzlich hörte sie Hufschlag. Pferde! Wie elektrisiert flog ihr Kopf herum. Ein großes, braunes Pony kam in vollem Galopp auf die Brücke zugerast. Es war aufgezäumt und gesattelt, aber von dem Reiter fehlte jede Spur. Vermutlich war es durchgegangen.
Julia überlegte nicht lange. Entschlossen trat sie in die Mitte der Brücke und ging dem Pony entgegen. Mit etwas Glück, so hoffte sie, würde es ihr gelingen, den Ausreißer aufzuhalten.

Im Schweigewald

Als wisse er genau, dass sie etwas Verbotenes taten, setzte Gohin seine Hufe lautlos auf den weichen, nadelbedeckten Waldboden. Vorsichtig schritt er im trügerischen Licht des Mondes durch das Dickicht unter den hohen Tannen, immer darauf bedacht, nicht aus Versehen auf trockene Äste zu treten. Mailin saß auf seinem Rücken und spähte angespannt nach vorne. Hin und wieder konnte sie durch das Unterholz ein einsames Licht flackern sehen. Es war noch klein und weit entfernt, zeigte ihr aber, dass sie auf dem richtigen Weg waren.

Vor ihr lag die Hütte Enids! Der Gedanke an die einstige Elfenpriesterin jagte Mailin einen eisigen Schauer über den Rücken. Hätte sie die Wahl gehabt, sie wäre auf der Stelle umgekehrt. Doch sie hatte keine. Gedankenverloren tastete sie mit einer Hand nach dem Striegel in ihrer Tasche, mit dem sie Shadow immer das Fell gebürstet hatte. Heute war sie froh, dass sie es an jenem Abend versäumt hatte, den Striegel nach der Fellpflege sorgfältig zu reinigen. Die kurzen schwarzen Haare zwischen den Borsten waren alles, was ihr von dem Fohlen geblieben war. Sie und Enid waren ihre letzte Hoffnung, Shadow wieder zu finden. Mailin war nicht sicher, ob die Haare für einen Findezauber ausreichten. Sie wusste nur wenig über Magie, hatte aber gehört, dass einige Priesterinnen dazu in der Lage waren, etwas, das man suchte, im Spiegel einer Wasserschale zu sehen. Die Haare waren allerdings nicht das eigentliche Problem. Mailin hatte keine Ahnung, ob Enid überhaupt bereit sein würde, ihr zu helfen. Und wieder fragte sie sich, warum sich die Mondpriesterinnen am Hof des Königs ihr gegenüber so abweisend verhalten hatten. Schon an der Tür des Mondtempels hatte man sie aufgehalten und ihr die Erlaubnis verweigert, ihre Bitte im Tempel vorzutragen. Mit den wenig tröstlichen Worten, dass ihr niemand am Hof die Schuld für Shadows Verschwinden gab, hatte man sie nach Hause geschickt.

Aber Mailin fühlte sich schuldig. Daran würden auch die mitfühlenden Worte, dass sie gegen die Überzahl der Angreifer ohnehin keine Chance gehabt hätte, nichts ändern. Mailin seufzte leise. Nur gut, dass der Pfeil Aiofee nicht allzu schwer verletzt hatte. Die Stute konnte bereits wieder laufen. Auch von der Wunde würde bald nichts mehr zu sehen sein. Doch der traurige Blick, mit dem sie die Stallungen und Wiesen tagaus, tagein nach ihrem Fohlen absuchte, brach Mailin fast das Herz. »Ich werde Shadow zurückbringen! Ich muss es einfach schaffen!«

Mailin zuckte zusammen. Sie hatte gar nicht vorgehabt, laut zu sprechen. Erschrocken biss sie sich auf die Lippen und horchte auf das Echo ihrer Stimme, das in der Stille langsam zwischen den Bäumen verhallte. Der Schweigewald trug seinen Namen zu Recht. Außer dem gedämpften Knacken dürrer

Zweige unter Gohins Hufen gab es hier nicht ein einziges Geräusch. Nirgends turnte auch nur ein Eichhörnchen in den von Zapfen schweren Zweigen der Tannen und kein einziger Nager raschelte am Boden. Selbst die Vögel mieden den Wald, den zu betreten allen Elfen streng verboten war.

Der Schweigewald war der Wald Enids. Hierhin hatte der Elfenkönig seine höchste Priesterin vor vielen Jahren verbannt und sie mit dem Fluch belegt, den Wald niemals wieder verlassen zu können, ohne zu sterben. Mailin wusste nicht genau, warum er das getan hatte. Die Elfen am Hof sprachen nicht gern darüber. Nur einmal hatte sie zufällig gehört, wie jemand erwähnte, dass Enid heimlich die Kunst der schwarzen Magie erlernt haben sollte. Das war ein schweres Vergehen, denn die dunklen Mächte waren im Elfenreich streng verboten.

Schwarze Magie! Der Gedanke ließ Mailin erschauern. Am Hof des Elfenkönigs gab es ein paar gruselige Geschichten, die sich um die alte Enid rankten. Vielleicht sollte sie lieber umkehren.

Das flackernde Licht vor ihr war jetzt deutlich zu erkennen. Nur wenige, tief hinabhängende Äste verdeckten noch den Blick auf die einfache, moosbewachsene Hütte, hinter deren einzigem Fenster der unstete Feuerschein zu sehen war. Noch fünfzig Meter.

Durch einen sanften Schenkeldruck bedeutete Mailin Gohin, hinter einem niedrigen Brombeerbusch anzuhalten, und spähte mit klopfendem Herzen zur Hütte hinüber. Sollte sie es wagen? Was, wenn Enid wirklich einen der gefährlichen Moortrolle als Wachhund hielt? Wenn ihr Hass auf die Elfen so groß war, dass sie alle, die sich ihr näherten, zu Stein erstarren ließ? Und was, wenn sie Mailin wirklich so verzaubern konnte, dass sie Enid bis ans Ende ihres Lebens zu Diensten sein musste? Mailin schluckte, doch der dicke Kloß, der sich in ihrem Hals festgesetzt hatte, wollte nicht weichen.

»Tritt näher, mein Kind!«

Das Elfenmädchen fuhr erschrocken zusammen und blickte sich um. Niemand war zu sehen. Sie war allein. Auch die Tür der Hütte war verschlossen.

»Wer bist du?«, rief Mailin, aber selbst in ihren Ohren waren die Worte viel zu laut und schrill, um mutig zu klingen.

»Ich bin Enid, heilige Priesterin des Mondes und ergebene Dienerin des Elfenkönigs«, erwiderte die Frau.

Mailin runzelte die Stirn. Was sie da hörte, wollte so gar nicht zu den Geschichten passen, die am Hof über Enid erzählt wurden.

»Willst du nicht näher treten?«, sprach die Frau weiter. »Es sind nicht viele, die in diesen Tagen den Weg hierher finden.«

Mailin zögerte. Mit zusammengekniffenen Augen starrte sie in die Dunkelheit hinter der Hütte, um sie nach Anzeichen für einen Moortroll abzusuchen. Doch die Schatten waren nicht bereit, ihre Geheimnisse preiszugeben. Dunkel und still rahmten sie die Hütte ein und verbargen perfekt, was immer verborgen bleiben wollte. Endlose Minuten verstrichen.

Dann gab sich das Elfenmädchen einen Ruck. Langes Zögern würde ihr auch nicht weiterhelfen. Schließlich war sie hierher gekommen, um mit Enid zu sprechen.

»Warte hier«, flüsterte sie Cohin zu und sprang von seinem Rücken. Der Hengst schnaubte zum Zeichen, dass er verstanden hatte, und begann zu grasen, während sich Mailin umdrehte und langsam auf die Hütte zuging.

Die morsche Tür schwang geräuschlos auf, noch bevor sie die Klinke berührte. Mailin zog die Hand zurück und blieb unschlüssig vor dem erleuchteten Eingang stehen. Schon wollte sie wieder kehrtmachen, als die Frau erneut zu sprechen begann. »Tritt ein, mein Kind. Hab keine Furcht.« Die Stimme kam zweifellos aus dem Raum hinter der Tür. Nichts Bedrohliches lag darin und doch musste Mailin ihren ganzen Mut zusammennehmen, um die Hütte zu betreten.

Was immer sie erwartet hatte, es traf nicht ein. Weder wurde sie von einem wütenden Moortroll angefallen noch erstarrte sie zu Stein. Die spärlich eingerichtete Hütte wirkte so friedlich, als wäre sie das Heim einer gewöhnlichen Heilkundigen. Unter der Decke hingen Beutel mit getrockneten Pilzen und Beeren zwischen unzähligen Kräuterbündeln, die einen würzigen Geruch verbreiteten. In einem Regal neben der Tür standen kleine, geflochtene Körbe und tönerne Schalen, deren Inhalt Mailin bei dem schlechten Licht nicht erkennen konnte. In der Mitte des Raumes brannte ein offenes Herdfeuer, und

davor, mit dem Rücken zur Tür, saß in einem geflochtenen Korbstuhl eine Frau mit langem, blaugrauem Haar, das im Nacken zu einem dicken Zopf geflochten war.
»Enttäuscht?« Die Weidenzweige des Stuhls knarrten, als sich die Frau lächelnd zu Mailin umdrehte. Sie war weder alt noch hässlich und hatte auch sonst überhaupt keine Ähnlichkeit mit den Beschreibungen, die Mailin am Hofe gehört hatte.
Ich bin umsonst gekommen, schoss es Mailin durch den Kopf. Das kann unmöglich die Enid sein, die ich suche. »Ihr, Ihr seid nicht ...«, stammelte sie und verstummte, weil sie nicht wusste, was sie sagen sollte.
»Nicht wer? Nicht ich?« In den Augen der Frau blitzte es spöttisch, als sie mit einer einladenden Handbewegung auf einen Schemel am Feuer deutete. »Woher willst du wissen, wie ich aussehe, obwohl wir uns nie begegnet sind?«
»Von den Geschichten, den ...« Mailin setzte sich, ohne den Blick von der Frau zu nehmen.
»Geschichten!« Das Lächeln der Frau verschwand und ihre Stimme klang plötzlich bitter. »Ich bin, die ich bin, und ich werde es immer bleiben, was immer die verdorbenen Lügner am Hof über mich erzählen. Ich bin Enid! Einst war ich Mondpriesterin am Hof des Königs, geachtet und verehrt, klug und mächtig. Aber ...« Sie verstummte abrupt und ein trauriger Ausdruck huschte über ihr Gesicht. »Ach, ich möchte dich nicht mit den alten Geschichten langweilen. Was geschehen ist, ist geschehen, und meine Verbitterung wird daran nichts ändern können.«

Angespannt starrte Enid eine Weile ins Feuer, als könne sie darin etwas erkennen, das Mailins Augen verborgen blieb. Schließlich straffte sie sich, hob den Kopf und sah Mailin an.
»Nun, Mädchen«, begann sie und ihre Stimme klang jetzt wieder so ruhig wie zuvor. »Es ist ein großes Wagnis, mich zu besuchen. Der König wird dich wohl kaum hierher verbannt haben. Also? Was führt dich zu mir?«
Obwohl Mailin mit der Frage gerechnet hatte, war sie so überrascht, dass sie zunächst nicht wusste, womit sie anfangen sollte. All die Worte, die sie sich auf dem Weg hierher sorgsam zurechtgelegt hatte, weigerten sich plötzlich, ausgesprochen zu werden. »Shadow ist fort!«, platzte sie endlich heraus.
»Shadow?« Die Elfenpriesterin zog erstaunt die Augenbrauen in die Höhe. »Ist das dein Hund?«
»Nein, nein! Shadow, ich meine, eigentlich heißt er Staja-Ame und ist das Fohlen des Elfenprinzen. Ich bin Pferdehüterin am Hof. In der Nacht, als es geschah, hatte ich gerade Wache ...« Mailin spürte, wie ihr Tränen in die Augen stiegen, als sie den heimtückischen Überfall in Gedanken noch einmal durchlebte. Aber kaum hatte sie angefangen zu erzählen, sprudelte es nur so aus ihr hervor.
Enid unterbrach sie mit keinem Wort. Doch die Stirn der Elfenpriesterin umwölkte sich zusehends. Als Mailin ihren Bericht beendet hatte, blieb das Knistern des Feuers für lange Zeit das einzige Geräusch in der Hütte. Schließlich erhob sich Enid, trat an das kleine Fenster und sah hinaus.

»In einer Halbmondnacht, sagtest du?«, vergewisserte sie sich.

Mailin nickte.

»Nun, ich fürchte, dann können die Elfenkrieger des Königs im Auetal lange nach dem Fohlen suchen.«

»Was wollt Ihr damit sagen?« Plötzlich war Mailin ganz aufgeregt.

Die Elfenpriesterin blieb ihr die Antwort zunächst schuldig. Sie starrte in die Schatten vor dem Haus, als könne sie dort die Antworten auf alle Fragen finden. »Lavendra!«, stieß sie schließlich voller Abscheu hervor. »Ich habe schon immer geahnt, dass sie etwas Heimtückisches plant. Ach, warum habe ich nicht gleich daran gedacht? Nicht der König ist es, den sie mit ihrer schwarzen Magie beeinflussen will. Oh nein, dazu ist sie viel zu gerissen. Auf den Thronfolger hat sie es abgesehen.« Die Priesterin schien mehr mit sich selbst als mit Mailin zu sprechen.

»Lavendra?«, fragte Mailin verwirrt. »Und Liameel?«

»Ja.« Die Priesterin nickte. »Liameel ist noch jung und unerfahren. Und Lavendra hat Zeit. Ihn kann sie ganz nach ihren eigenen Wünschen formen.«

»Aber was hat das alles mit Shadow zu tun?« Mailin hatte keine Ahnung, wie das, was Enid ihr berichtete, mit dem Verschwinden des Fohlens zusammenpassen sollte.

»Kannst du dir das nicht denken? Du hast doch selbst ein Pferd«, sagte die Priesterin. »Spürst du nicht das Band zwischen euch beiden? Ein Band aus Liebe und Harmonie, so stark wie es nur zwischen Freunden sein kann?«

Mailin nickte stumm. Bei dem Gedanken an Gohin lief ihr ein wohliger Schauer über den Rücken. Ja, sie kannte dieses Band. Spürte es an jedem Tag, den sie mit ihrem geliebten Pferd zusammen war.
»Du weißt, wovon ich spreche«, stellte Enid lächelnd fest. »Wie sollte es auch anders sein. Elfenpferde sind eben keine gewöhnlichen Tiere. Indem wir Elfen vom ersten Tag an mit ihnen zusammen sind, entsteht zwischen Pferd und Reiter eine so enge Geistesverwandtschaft, wie sie sonst niemals möglich wäre. Liameel wird Shadow eines Tages mehr vertrauen als seinen engsten Beratern und ...«
»Aber Shadow ist fort«, fiel Mailin der Priesterin ins Wort.
Enid schüttelte den Kopf. »Nicht für lange. Ich bin sicher, dass das Fohlen bald wieder auftauchen wird. Ich fürchte nur, dass es dann nicht mehr dasselbe ist wie vor seinem Verschwinden.« Sie wandte sich um und sah Mailin eindringlich an. »Es ist nämlich nicht das erste Mal, dass ein Elfenpferd geraubt wird«, sagte sie leise.
»Nicht?« Mailin war erschüttert. Was Enid ihr da berichtete, war geradezu unglaublich. »Aber wann ...?«
»Schsch!« Enid legte ihren Zeigefinger auf die Lippen und mahnte Mailin zu schweigen. Ihre Augen hatten plötzlich ein Ausdruck, als blickten sie in weite Ferne. »Es war damals«, begann sie, »vor vierzehn Jahren. In dem Sommer, als ich verbannt wurde ...«

Neue Freunde

Außer dem Klappern der Hufe auf dem Asphalt hörte Julia die aufgeregten Rufe eines Mädchens, beachtete sie aber nicht. Wer immer da rief, war noch weit entfernt. Den Blick auf das Pony gerichtet, ging sie dem nervösen Tier entgegen und breitete die Arme aus, denn die Brücke war ziemlich schmal. Das Pony war jetzt ganz nah. Julia konnte sehen, wie seine Nüstern bebten. »Ho, Pony! Ruhig, du Ausreißer!«, sagte sie, während sie die Arme langsam auf und ab bewegte. Ihre Entschlossenheit schien das Pony tatsächlich zu verunsichern. Es fiel vom Galopp in den Trab, vom Trab in den Schritt und kam schließlich zögernd näher.

Julias Herz raste vor Aufregung. Sie konnte nur hoffen, dass das Pony nicht auf dumme Gedanken kam. Wenn es ausbrach und an ihr vorbeipreschte, würde sie es nicht mehr aufhalten können. Auf der anderen Seite der Brücke erstreckten sich riesige freie Felder. Dort würde man kaum eine Chance haben, das Pony einzufangen.

»Brrrrr, schön ruhig!« Jetzt bloß keine Furcht zeigen! Instinktiv wusste Julia, wie sie sich verhalten musste. Vorsichtig trat sie dem schnaubenden Tier einen weiteren Schritt entgegen, hob die Hand und griff nach der Trense des Ponys. Es schnaubte unwillig, ruckte mit dem Kopf und zerrte an den Lederriemen, doch

Julia ließ nicht locker. »Schön brav sein, Pony«, sagte sie sanft.
Aus den Augenwinkeln sah sie, wie sich ein etwa zwölfjähriges, blondes Mädchen, das ein geschecktes Pony am Zügel führte, zwischen dem Ausreißer und dem Brückengeländer hindurchzwängte.
Das Mädchen trug eine schwarze Reiterhose, hohe Turnschuhe und ein dunkelblaues Sweatshirt. Die Wangen waren von der Anstrengung des scharfen Rittes gerötet und ein paar Strähnen der langen Haare, die im Nacken zu einem Pferdeschwanz gebunden waren, hingen ins Gesicht.
»Danke!« Das Mädchen lächelte erleichtert. »Toll, dass du Derry aufgehalten hast. Da drüben«, es deutete auf die Felder, »hätten wir ihn wohl nicht mehr so leicht erwischt.«
»Das hab ich mir auch gedacht«, sagte Julia und tätschelte dem Pony den Hals. »Wer ist wir?«
»Meine Freundin Carolin und ich. Wir reiten immer zusammen aus. Aber heute Morgen war von Anfang an der Wurm drin. Erst haut mir Yasmin am Viereck ab, als ich sie auftrensen will, und dann scheut Derry mitten im Wald vor einem kleinen Wassergraben, den er schon hundertmal übersprungen hat.«
»Du bist also Derry.« Mit der freien Hand strich Julia dem braunen Pony über die Nüstern.
In diesem Augenblick tauchte am gegenüberliegenden Brückengeländer die dunkelhaarige Gestalt eines Mädchens auf. Julia schätzte sie auf etwa vierzehn Jahre.
Es gehörte nicht viel dazu, zu erraten, dass es sich um

jene Carolin handeln musste, von der das blonde Mädchen gesprochen hatte. Ihr Gesicht war knallrot, sie humpelte und die dunklen, kurzen Locken klebten an ihrer verschwitzten Stirn.

»Oh, danke, vielen, vielen Dank«, japste sie völlig außer Atem und lächelte Julia erschöpft an. »Ich ..., ich glaube, ich hätte keine hundert Meter mehr geschafft.« Sie krümmte sich und presste sich die Hand in die Seite, als könnte sie ihre heftigen Seitenstiche damit vertreiben. »Du hast mir sozusagen das Leben gerettet!« Mit dem Ärmel ihres Sweatshirts wischte sich Carolin den Schweiß von der Stirn und warf dem braunen Pony einen unheilvollen Blick zu. »Na warte, Derry, wenn wir wieder zurück auf dem Hof sind ...«, drohte sie, aber das Lächeln, das ihr dabei über das Gesicht huschte, zeigte, dass sie die Drohung nicht wirklich ernst meinte.

Jemand hupte. »Oh nein! Auch das noch!« Carolin runzelte die Stirn und sah zum anderen Ende der Brücke hinüber, wo ein roter Jeep mit Pferdeanhänger langsam auf die kleine Gruppe zurollte. Hinter den getönten Scheiben konnte man undeutlich einen Mann und ein blondes Mädchen erkennen. Der Mann winkte den dreien ungeduldig zu und forderte sie per Lichthupe auf, die Brücke zu verlassen, damit er weiterfahren konnte.

»Na, dann wollen wir mal dem Herrn von der Heyde Platz machen«, sagte Carolin spitz, griff nach Derrys Trense und gab dem Pony einen leichten Klaps auf die Hinterbacken. »Komm, Derry. Dein Ausflug ist zu Ende. Ab nach Hause.« Diesmal wandte sich

Derry um und trabte so brav neben Carolin her, als wäre er nie ausgerissen.
»Das hast du wirklich Klasse gemacht!«, sagte das blonde Mädchen noch einmal zu Julia, bevor sie sich daranmachte, Yasmin von der Brücke zu führen. »Wir müssen jetzt leider zurück, aber vielleicht sehen wir uns mal wieder.«
»Warte!« Julia lief zum Brückengeländer, um ihr Mountainbike zu holen. Sie musste kurz stehen bleiben, bis der Jeep mit Anhänger die Brücke überquert hatte, dann konnte sie den Mädchen und den Ponys folgen.
»Ihr kommt von einem Reiterhof?«, fragte Julia das blonde Mädchen, als sie die beiden eingeholt hatte. »Wo ist der?«
»Irgendwo da, hinter dem Wald.« Das Mädchen deutete auf den Weg, den Julia zuvor entlanggeradelt war. Zwischen den Bäumen war ein schmaler, zweispuriger Feldweg zu sehen, der bis an die Straße führte. »Wir müssen durch den Wald«, sagte sie. Der Reiterhof Danauer Mühle liegt gleich dahinter.« Sie legte den Kopf schief und maß Julia mit einem abschätzenden Blick. »Da werden übrigens auch tolle Ferienreitkurse angeboten«, fügte sie hinzu.
»Danke, nett, dass du das sagst.« Julia lachte. »Allerdings mache ich hier keine Ferien. Ich wohne hier – hm, na ja, eigentlich bin ich erst gestern mit meinen Eltern nach Neu Horsterfelde gezogen. Den Reiterhof würde ich mir trotzdem wahnsinnig gern mal ansehen. Da wo ich herkomme, bin ich nämlich auch geritten.«

»Das war kaum zu übersehen, so wie du mit Derry umgegangen bist!«, rief Carolin von vorn. »Komm ruhig mit. Die Danauer Mühle liegt gleich auf der anderen Seite des Waldes.«

Ein Reiterhof und dazu so nah bei ihrem neuen Zuhause! Julia konnte ihr Glück kaum fassen. Vorsichtshalber warf sie einen Blick auf ihre Armbanduhr. Erst acht Uhr. Kein Grund zur Eile also. Sie war nicht einmal eine Stunde unterwegs. Entschlossen schob sie alle Bedenken zur Seite und schwang sich auf ihr Rad. Vermutlich schliefen ihre Eltern noch und würden sie nicht so schnell vermissen.

»Ich heiße übrigens Svea«, erklärte das blonde Mädchen, als die drei die Straße verließen und mit den Pferden in den Wald einbogen. Sie war gerade dabei, ihren aufgelösten Pferdeschwanz neu zu binden, fand aber trotzdem die Zeit, Yasmin liebevoll zu tätscheln, während sie sprach.

»Und ich bin Julia. Sind Derry und Yasmin eure eigenen Pferde?«

»Schön wär's«, antwortete Svea bedauernd. »Nein, das sind Reiterhofponys.« Sie warf Julia einen verschwörerischen Blick zu. »Aber Carolin und ich tun einfach so, als ob es unsere wären.«

Julia lächelte. Sie konnte die beiden nur allzu gut verstehen. Mit Chenna war es ihr schließlich genauso ergangen. Ach, Chenna! Schnell wechselte sie das Thema. »Ist es noch weit bis zum Reiterhof?«, wollte sie wissen.

»Zu Fuß ungefähr eine Viertelstunde«, meinte Svea. »Mit den Ponys geht es natürlich schneller.«

»Aber wenn man den Weg in neuen Reitstiefeln entlangspurten muss, ist er entschieden zu weit«, fügte Carolin lachend hinzu. »Ich glaube, ich habe mir ein paar dicke Blasen gelaufen.«
»Ist auch ziemlich holprig hier«, stöhnte Julia. Selbst mit ihrem Mountainbike hatte sie Mühe, den beiden Mädchen auf den Ponys zu folgen. Der Weg war nicht mehr als ein von Pferdehufen ausgetretener Pfad, der sich an einer endlosen Reihe ineinander verwachsener Brombeersträucher entlangschlängelte. Dahinter erhob sich ein dichter Wald aus hochgewachsenen Buchen, deren Kronen ihren Schatten auf den Weg warfen. Trotzdem kam Julia ganz schön ins Schwitzen. »Ich bleibe lieber hinter euch und schiebe das Rad, bis der Weg breiter wird«, verkündete sie. »Das hier ist nichts für Radfahrer.«
»Ist aber nur das letzte Stück so«, hörte sie Carolin rufen. »Gleich kommen wir zum Försterhaus. Von da führt ein breiter Plattenweg weiter, der auch von Autos befahren werden kann. Wenn du zu Fuß nicht mithalten kannst, warten wir da auf dich.«
Erleichtert, sich nicht mehr so abhetzen zu müssen, stieg Julia vom Rad. Sie war völlig außer Atem. Dazu kam, dass der Weg nun anstieg und mit feinem, losen Sand bedeckt war, der das Laufen mühsam machte.
Julia hatte die Steigung nicht einmal zur Hälfte hinter sich gelassen, als Svea und Carolin schon auf der anderen Seite des Hügels verschwanden. »Tja, ein Pferd müsste man haben«, seufzte sie, während sie den beiden hinterherstapfte.

Oben angekommen war sie fast ein bisschen enttäuscht. Von dem Försterhaus war weit und breit nichts zu sehen. Nur der Trampelpfad schlängelte sich weiter durch das schattige Grün des Waldes. Julia überlegte, ob es ihr wohl gelingen würde, den Hügel hinabzufahren, doch mit einem Blick auf den staubtrockenen Sand verwarf sie den Gedanken gleich wieder. Die Wahrscheinlichkeit, auf der Nase zu landen, war mindestens dreimal so hoch wie die, heil hinunterzukommen. Es half nichts, sie musste weiter schieben. Während sie mit einer Hand die Vorderradbremse ihres Mountainbikes leicht anzog, schlitterte und rutschte sie den Hügel hinab. Insgeheim beneidete sie Svea und Carolin, die dem schlüpfrigen Pfad über einen kleinen Umweg durch das Unterholz ausgewichen waren. Sie fand, ihr Fahrrad gebärdete sich bockiger, als es ein Pferd jemals sein könnte. Hätte ich es doch bloß am Waldrand stehen lassen, dachte sie verärgert. Ein Schloss hatte sie zwar nicht dabei, aber gut versteckt hinter den Büschen hätte es wohl kaum jemand gefunden. Irgendwie gelang es ihr dann doch, heil unten anzukommen. Hier gab es keine Brombeersträucher mehr. Zu beiden Seiten des Pfades erstreckte sich ein lichter Buchenwald mit wenig Unterholz.
Geradezu ideal zum Reiten, dachte Julia wehmütig und schob ihr Mountainbike weiter den Weg entlang. Minuten vergingen. Der Wald schien kein Ende zu nehmen, und von dem Försterhaus, zu dem sie gleich kommen sollte, war noch nichts zu sehen. Dafür wurde der Weg immer schattiger und dunkler,

weil sich zwischen die Buchen mehr und mehr Nadelgehölze mischten.
Julia fühlte sich seltsam verlassen. Sobald sie in den Wald hineinblickte, beschlich sie ein mulmiges Gefühl. Welche Geheimnisse sich wohl in den lichtlosen Stellen zwischen den Bäumen verbergen mochten? Julia schauderte. Je weiter das Sonnenlicht den düsteren Schatten wich, desto bedrohlicher erschien ihr der Wald.
»Hexe! Hexe!« Unvermittelt musste sie daran denken, was sie als kleines Mädchen bei Radtouren im Auerbachtal in die düsteren Wälder hineingerufen hatte. Ein dünnes Lächeln huschte über ihr Gesicht. Mit Vater und Mutter als Beschützer im Rücken war es leicht gewesen, eine Hexe herauszufordern. Heute wusste Julia natürlich, dass es Hexen genauso wenig gab wie Vampire oder Elfen, doch die Vorstellung, dass sich irgendwo dort hinten ein verfallenes Hexenhaus befinden könnte, jagte ihr auch heute noch einen prickelnden Schauer über den Rücken – und plötzlich hatte sie das Gefühl, aus dem Wald heraus beobachtet zu werden.
Blinzelnd versuchte sie die Schatten zwischen den Bäumen mit ihren Blicken zu durchdringen, doch jedes Mal, wenn sie glaubte eine Bewegung zu entdecken, war alles wieder ruhig. »Da ist nichts, du Angsthase«, schalt sie sich selbst. Energisch wandte Julia ihre Aufmerksamkeit dem Pfad zu, als ihr Magen unüberhörbar zu knurren begann. Vielleicht hatte sie vor lauter Hunger schon Halluzinationen? Kein Frühstück im Bauch, die Radtour und dann der

anstrengende Marsch im unwegsamen Gelände, da konnte es gut sein, dass ihr die Fantasie einen Streich spielte.
In diesem Augenblick tauchte Svea hinter einer Wegbiegung auf und riss sie aus ihren Gedanken. »Julia!«, rief sie. »Wo bleibst du denn?«
»Eigentlich suche ich die ganze Zeit nach dem Försterhaus, von dem Carolin gesprochen hat«, entgegnete Julia.
Jetzt wo sie nicht mehr allein war, verloren die Schatten des Waldes ihre Schrecken. Ihr Vater hatte wohl Recht, sie hatte einfach zu viel Fantasie.
»Das liegt gleich hinter der Kurve.« Svea deutete zurück. »Dort kannst du auch wieder aufsteigen und fahren.«

Der erste Eindruck, den Julia vom Reiterhof Danauer Mühle hatte, war eher enttäuschend. Schon die Straße dorthin verhieß nichts Gutes. Tiefe Schlaglöcher im Schotterweg wechselten mit feinsandigen Abschnitten, in denen Radfahren fast unmöglich war. Und überall lagen unzählige große und kleine Steine. Viele waren so scharfkantig, dass Julia gut verstehen konnte, warum Carolin und Svea die Ponys auf dem schmalen Grünstreifen am Wegrand entlangführten.
»Da unten ist der Reiterhof!« Mit ausgestrecktem Arm deutete Carolin auf ein stallähnliches Gebäude, unter dessen grauem Wellblechvordach eine sorgfältig aufgestellte Reihe riesiger Rundballen zu sehen war. Davor standen drei Autos auf einem unbefestig-

ten Parkplatz, und weiter hinten auf einer großen Weide mit angrenzendem Springgarten konnte Julia einige Pferde sehen. Nicht gerade viel los, dachte sie, zumal sie die am Wochenende hoffnungslos überfüllten Parkplätze des Auerbach-Hofes noch deutlich vor Augen hatte.

»Heute ist Sonntag«, entschuldigte sich Svea, der Julias skeptische Blicke nicht entgangen waren. »Da haben die Ponys frei – abgesehen von ein paar Ausritten. Deshalb sieht es so verlassen aus.«

»Das macht gar nichts«, antwortete Julia und versuchte, sich ihre Enttäuschung nicht anmerken zu lassen. »Ich will mich ja nur mal umsehen.« Neugierig reckte sie den Kopf, um einen besseren Blick auf den Reiterhof zu haben.

Ihr erster Eindruck schien sich jedoch beim näheren Hinsehen zu bestätigen. Der Reiterhof Danauer Mühle konnte nicht mit dem vornehmen und gepflegten Erscheinungsbild des Auerbach-Hofes konkurrieren. Im Gegensatz zu dem auf Dressur- und Vollblutpferde spezialisierten Auerbach-Hof wirkte hier alles ziemlich ländlich. Wie ein Reiterhof, auf dem pferdebegeisterte Mädchen sicher etwas lernen konnten, der aber gewiss keine eigene Schmiede und schon gar keinen eigenen Tierarzt besaß.

»Wie viele Pferde stehen denn hier?«, fragte sie Svea, während sie ihr Mountainbike neben dem Mädchen die abschüssige Hofeinfahrt hinunterschob.

»Fünfundzwanzig Ponys für den Unterricht und fast ebenso viele Privatpferde.«

Fünfundzwanzig! Kein Wunder, dass hier alles kleiner ausfiel, als sie es von zu Hause gewohnt war. Auf dem Auerbach-Hof gab es allein zwei große Ställe für die sechsundachtzig Unterrichtsponys und -pferde. Wie viele Privatpferde es auf dem Auerbach-Hof gab, hatte Julia nie gefragt, aber es waren eine ganze Menge. Da wunderte es sie auch nicht, dass es hier außer einem windschiefen, aus Naturstämmen gezimmerten Viereck, zu dem Svea und Carolin ihre Ponys führten, keinen weiteren Platz zum Satteln und Putzen der Pferde gab.

Carolin fragte ein Mädchen, das am Viereck stand, ob sie Derry kurz festhalten könne, und zog die Ausbinder heraus, während Julia ihr Mountainbike neben dem Viereck an einen Baum lehnte. »Ich muss jetzt das Halfter holen. Willst du mit in die Sattelkammer kommen?«, wandte sich Carolin an Julia.

»Gern.« Trotz des ungepflegten Eindrucks, den der Reiterhof auf Julia machte, brannte sie darauf, alles zu sehen. Besser so ein Reiterhof als gar keiner. Am liebsten wäre sie gleich in den Stall gelaufen, um die Ponys zu sehen. Doch da sie hier niemanden kannte, hielt sie sich vorerst lieber an Svea und Carolin. Immerhin hatten die beiden Mädchen Julia unterwegs angeboten, ihr den Reiterhof zu zeigen.

Die Sattelkammer war der des Auerbach-Hofes sehr ähnlich, nur dass hier alles viel kleiner, enger und auch ziemlich durcheinander war. Aber der Geruch! Julia schloss die Augen und sog genießerisch die schwere, nach Leder und Pferden riechende Luft tief in ihre Lungen. Und plötzlich fühlte sie sich zu Hause. Fast glaubte sie, Sattel und Putzkasten mit der

Nummer fünfundsiebzig vor sich zu haben, wenn sie die Augen öffnete. Fünfundsiebzig – das war Chennas Nummer.

»Gehst du mal ein bisschen zur Seite?« Svea schleppte Yasmins Sattel durch die enge Tür der Kammer und beendete Julias Tagtraum.

»Das lernst du nie, Svea.« Carolin seufzte. »Warum holst du nicht erst das Halfter, bevor du den Sattel herunternimmst?«

»Weil Yasmin total verschwitzt ist, Frau Lehrerin«, antwortete Svea und zog eine Grimasse. Mit dem Sattel in den Händen schob sie sich zuerst an Julia und dann an Carolin vorbei, die hinter der Tür stehen geblieben war, um Derrys Halfter zu suchen. Irgendjemand hatte es falsch aufgehängt, sodass es eine Weile dauerte, bis sie es endlich fand. »Immer diese Anfänger«, murmelte sie kopfschüttelnd, während sie hinausging, um Derry abzusatteln.

Im hinteren Teil der Sattelkammer rauschte der Wasserhahn. Svea hatte einen großen Maurereimer geholt, den sie zur Hälfte mit Leitungswasser füllte. »Na, wie findest du es hier?«, rief sie Julia zu.

»Och, eigentlich ganz gut, nur etwas klein«, antwortete Julia ausweichend. Sie wollte auf keinen Fall, dass die beiden Mädchen sie für eingebildet hielten. Carolin und Svea sorgten mit der gleichen Hingabe für ihre Ponys, wie sie es auf dem Auerbach-Hof für Chenna getan hatte. Was machte es da für einen Unterschied, dass der Auerbach-Hof gepflegter wirkte und viel besser ausgestattet war? »Wie lange reitest du hier schon?«, fragte sie Svea, als diese mit dem

halb vollen Eimer und einem weichen Schwamm in den Händen an ihr vorbeiging.
»Seit ich acht bin. Also vier Jahre.«
»Ich habe auch mit acht angefangen«, erzählte Julia, während sie Svea zu ihrem Pony begleitete. Das blonde Mädchen stellte den Eimer außerhalb der Reichweite von Yasmins Hinterbeinen auf den Boden und tauchte den Schwamm ins Wasser. »Gleich gibt es eine Erfrischung«, sagte sie zu dem Pony. »Aber vorher hole ich noch dein Halfter.« Svea sauste davon und verschwand wieder in der Sattelkammer.
Julia nutzte die Zeit und sah sich interessiert um. »Ponystall«, stand auf dem grünen, weit geöffneten Scheunentor des Gebäudes, das dem Viereck am nächsten war. Julia spielte gerade mit dem Gedanken, einfach mal hineinzugehen, als sie zu ihrer großen Enttäuschung feststellen musste, dass die dahinter liegenden Boxen leer waren. Sicher waren die Ponys bei dem anhaltend schönen Wetter irgendwo draußen auf der Weide. Etwas weiter hinten auf dem Gelände stand ein großes, ebenfalls grün gestrichenes Gebäude, über dessen Tor in weißen Buchstaben »Grüne Halle« zu lesen war. An einer kleinen, blauen Halle mit Wellblechdach, die der grünen Halle gegenuberstand, fand Julia die Aufschrift: »Blaue Halle«. Dazwischen lag ein großer, geräumiger Reitplatz. Nur eine einzige Reiterin war dort zu sehen, die mit einem herrlichen Schimmel selbst schwierige Dressurübungen mühelos absolvierte.
»Das ist Anita von der Heyde«, erklärte Svea, die zurückgekehrt war und Julias bewundernde Blicke

bemerkte. »Das Mädchen von vorhin in dem roten Jeep. Sie ist erst vierzehn, aber schon Junioren-Landesmeisterin im Dressurreiten. Jede freie Minute trainiert sie hier für die deutschen Meisterschaften im Frühjahr.« Sie klopfte Yasmin den Hals. »Ja, so was Tolles können wir beide leider nicht.«

»Das macht sie wirklich Klasse!« Julia, die sich normalerweise nicht viel aus Dressurreiten machte, beobachtete die Reiterin noch immer. Anita ließ ihr Pferd gerade im versammelten Schritt auf der Mittellinie gehen, um dann nach rechts in eine perfekte halbe Pirouette einzuschwenken.

»Ja, mit Pferden kennt sich unser Fräulein von der Heyde aus.«

»Du magst sie nicht besonders«, stellte Julia fest, der der spitze Tonfall Sveas nicht entgangen war. Aus eigener Erfahrung wusste sie, dass in einer Reitschule häufig Neid, Eifersucht und Missgunst herrschten und sich die Mädchen das Leben gegenseitig schwer machten.

»Stimmt! Anita ist ..., ach, lassen wir das. Jedenfalls mag sie hier niemand so richtig«, antwortete Carolin an Sveas Stelle. »Sie glaubt, dass sie etwas Besseres ist, nur weil White Lady ihr eigenes Pferd ist und sie hier als Einzige Einzelunterricht bekommt. Zum Glück spricht sie so gut wie nie mit uns.«

»Abgesehen von ihren arroganten Bemerkungen natürlich«, fügte Svea hinzu. »Und davon hat sie reichlich. Anita lässt sich keine Gelegenheit entgehen, uns zu sagen, dass sie sich für die Beste hält. Sie ist eine blöde Angeberin!« Inzwischen hatten die

Mädchen ihre Ponys fertig geputzt. »Wir bringen die beiden jetzt zu den anderen Ponys auf die Hauskoppel«, sagte Carolin. »Willst du mitkommen? Danach haben wir Zeit, dir alles andere zu zeigen.«
»Ich habe es nicht eilig«, meinte Julia leichthin. Ihr dunkelblauer Pullover war inzwischen übersät mit Pferdehaaren, die sich auch durch kräftiges Klopfen und Schütteln nicht entfernen ließen. »Na, da wird sich meine Mutter freuen.« Julia lachte und gab die ohnehin vergeblichen Säuberungsversuche auf.
Vorsichtshalber warf sie noch einen Blick auf ihre Armbanduhr. Neun Uhr. Ihre Eltern waren jetzt sicher wach. Julia überlegte kurz, wie lange es wohl dauern mochte, bis sie sich Sorgen machten, und ob sie nicht doch besser nach Hause fahren sollte. Das wäre sicher das Vernünftigste. Andererseits war sie viel zu neugierig, um Sveas und Carolins Angebot abzulehnen.
Ach was! Auf ein paar Minuten früher oder später würde es nun auch nicht mehr ankommen.
Die drei Mädchen führten die Ponys um den Stall herum zur Hauskoppel.
Die Sonne stand schon hoch am wolkenlosen Himmel, was Julia noch einmal nachdrücklich in Erinnerung rief, dass sie eigentlich längst auf dem Heimweg sein müsste. Doch daran war jetzt absolut nicht zu denken. Sie konnte doch nicht nach Hause fahren, bevor sie den ganzen Reiterhof – und natürlich auch alle Pferde – gesehen hatte!

»Man hat Euch verdächtigt, eine Stute aus der Herde des Königs entführt zu haben?«, fragte Mailin ungläubig.

Die Elfenpriesterin nickte. »Es war eine perfekte Falle. Nichts, rein gar nichts, was ich zu meiner Verteidigung anführte, konnte die Vorwürfe entkräften.« Ihr Gesicht verhärtete sich. »Lavendra, diese falsche Schlange, hatte alles geplant. Der König konnte nicht anders als ihr zu glauben«, sagte sie bitter.

»Aber Ihr habt es nicht getan!« Mailin war inzwischen von Enids Unschuld überzeugt.

»Natürlich nicht. Trotzdem wurde ich verurteilt, bevor ich Lavendra überführen konnte. Geschickt verbreitete sie das Gerücht, dass ich mich der schwarzen Magie bedient hätte, und sorgte für die nötigen Beweise.« Enid seufzte. »Man ließ mir keine Chance. Wenige Tage nach dem Verschwinden des Elfenpferds wurde ich des Hochverrats für schuldig befunden und hierher verbannt.« Die Elfenpriesterin verstummte und starrte in die stockfinstere Nacht hinaus. Schließlich fuhr sie mit leiser Stimme fort: »Und hier werde ich bleiben, bis ich sterbe oder bis der König den Bann aufhebt, der mich daran hindert, diesen Wald zu verlassen.«

»Ist das Pferd je zurückgekommen?«, fragte Mailin ohne auf die letzten Worte Enids einzugehen.

»Oh ja, das ist es. Zumindest glaubten das alle.«
»Ist es, oder nicht?«, fragte Mailin verwirrt.
Enid seufzte erneut und ein dünnes, trauriges Lächeln umspielte ihren Mund. »Unmittelbar nachdem man mich verurteilt hatte, tauchte es plötzlich wieder auf. Aber es war nicht mehr dasselbe. Niemand außer mir hat es bemerkt. Doch ich wurde verbannt und konnte niemandem davon berichten.«
Die Elfenpriesterin trat vom Fenster an das Feuer zurück und sah Mailin in die Augen. »Erfüllt von dunkler Magie war es. Kein Pferd, sondern eine Illusion. Ein magisches Wesen im Körper eines Elfenpferdes. Es war Lavendras Geschöpf!«
»Warum?«
»Lavendra will an die Macht. Macht ist das Einzige, wonach sie strebt, und dafür ist ihr jedes Mittel recht. Sie hat alle getäuscht – auch mich –, und als ich ihr gefährlich werden konnte, hat sie mich kurzerhand aus dem Weg geschafft.« In der Stimme der Elfenpriesterin schwang eine tiefe Traurigkeit mit.
»Und was geschah mit dem Pferd?«, wollte Mailin wissen.
»Es starb wenig später. Ich vermute, Lavendras Magie war damals noch nicht mächtig genug, um den schwierigen Zauber aufrecht zu halten«, erklärte Enid. »Aber nach dem, was du mir eben berichtet hast, war es vermutlich ohnehin nur ein Versuch. Sie wollte ihre Kraft testen und mich gleichzeitig aus dem Weg schaffen.«
»Und das echte Pferd?«
»Es blieb verschwunden.« Enid schüttelte betrübt

den Kopf. »So hatte ich keine Möglichkeit, meine Unschuld zu beweisen und dem König Lavendras falsches Spiel zu offenbaren. Doch jetzt ...«, Enids Augen glühten plötzlich vor Erregung, »... jetzt hat sie einen Fehler gemacht.«

»Einen Fehler?«

»Ja. Vor ein paar Jahren war sie noch nicht stark genug, um ein Elfenpferd gegen eines ihrer magischen Geschöpfe auszutauschen, aber nun glaubt sie offenbar das nötige Wissen zu besitzen. Nicht der König, sondern Prinz Liameel, der Thronfolger, ist es, den sie zu beeinflussen sucht.« Enid zog ihren Stuhl dichter zu Mailin heran, setzte sich und blickte das Elfenmädchen ernst an. »Ich sage dir, in spätestens ein oder zwei Tagen ist Shadow wieder da, vielleicht sogar schon früher. Wie damals werden alle überglücklich sein, und weil Shadow noch ein Fohlen ist und an niemanden gebunden war, als er verschwand, wird auch keiner die Veränderung bemerken, die mit ihm geschehen ist.«

»Wenn er von allein zurückkommt, brauche ich ihn ja nicht zu suchen.« Mailin strahlte. Sie wusste nicht genau, worauf Enid herauswollte, aber das war ihr auch nicht wichtig. Sie wollte nur, dass Shadow wohlbehalten zurückkehrte.

»Du verstehst nicht, Kind!« Der mahnende Tonfall in Enids Stimme machte Mailins Freude augenblicklich zunichte. »Das Fohlen, das zurückkehrt, wird nicht Shadow sein, sondern eine Illusion, ein magischer Zwilling. Ein Wesen, das Lavendra geschaffen hat, das Shadow bis aufs Haar gleicht, das aber allein

ihrem Willen gehorcht. Ich hatte gehofft, dass so etwas niemals geschehen würde. Doch Lavendra ist mächtig geworden. Mächtig und sehr gefährlich!«
»Und wo ist Shadow jetzt?«, drängte Mailin.
»Geduld, mein Kind. Das werden wir gleich erfahren.« Enid streckte dem Elfenmädchen auffordernd die Hand entgegen. »Ich habe bereits eine Vermutung. Sicher kann ich allerdings erst sein, wenn du mir den Striegel gibst, den du mitgebracht hast.«

»So, Derry, dein Ausflug ist zu Ende.« Carolin gab dem Pony einen Klaps auf die Hinterbacke. »Zisch ab! Heute ist Sonntag. Du hast frei!«
Das große Pony wandte den Kopf und stupste Carolin sanft an die Wange, als wollte es sich von ihr verabschieden.
Carolin lachte. »Na, lauf schon!«, rief sie, doch das wäre gar nicht mehr nötig gewesen. Gefolgt von Yasmin preschte Derry mit übermütigen Sprüngen auf die Koppel hinaus. Wenig später waren beide hinter einem kleinen Hügel verschwunden.
»So, und jetzt zeigen wir dir den Hof.« Carolin bückte sich und machte sich daran, das Tor wieder zu schließen.
»Wo sind denn die anderen Ponys?« Julia ließ ihren Blick über die weitläufige Hauskoppel schweifen.

Außer zwei kleinen braunen Ponys, die oben auf dem Hügel grasten, waren weit und breit keine Pferde zu sehen.
»Die sind bestimmt am Bach.« Svea streckte den Arm aus und deutete auf den Hügel. »Dort ist es schattig. Willst du sie sehen?«
Julia nickte. Und ob sie das wollte! Schließlich riskierte sie nur wegen der Pferde, sich von ihren Eltern ein gehöriges Donnerwetter einzufangen, weil sie so lange fortblieb.
»Dann komm mal mit!« Carolin, die das Tor schon wieder geschlossen hatte, bückte sich und stieg vor Svea und Julia durch eine Lücke zwischen den Latten. Gemeinsam liefen sie den Hügel hinauf. Es war, wie Svea gesagt hatte: Von der Hügelkuppe aus sahen sie die Ponys.
Wie Svea vermutet hatte, lagen die meisten von ihnen unter den ausladenden Ästen einer riesigen Trauerweide im Schatten und dösten. Beim Anblick der Mädchen erhoben sich einige und kamen langsam auf sie zu.
So viele Ponys! Julias Herz machte vor Freude einen Sprung. Die Ponys hier waren mindestens ebenso niedlich wie die Reitschulponys in Auerbach. Alle waren hervorragend gepflegt und strotzten vor Gesundheit, das erkannte man sofort.
»Das ist Dino, das ist Tina und da drüben kommt Nikki. Das Shetlandpony mit der kurzen Mähne heißt Stoppel, und die braune ...« Nacheinander stellte Svea die einzelnen Ponys vor.
Julia nickte, obwohl sie vor Aufregung gar nicht rich-

tig zuhören konnte. Hatte sie jemals gesagt, nicht nach Neu Horsterfelde zu wollen? Plötzlich kam ihr ihr Benehmen der letzten Tage ziemlich albern und kindisch vor. Gut, eine Chenna gab es hier zwar nicht, aber doch wenigstens Pferde. Und was für welche! Bewundernd beobachtete sie ein großes, braun und weiß geschecktes Pony mit zottiger Mähne, das in dem wogenden Muster aus Licht und Schatten unter der Trauerweide stand. »Wem gehört denn dieses Pony?«, fragte sie.

»Das dort drüben?« Svea hatte die Aufzählung der Pferdenamen unterbrochen und schaute zu dem gescheckten Pony hinüber. »Das ist Spikey, ein Privatpferd. Es gehört Susanna Meinert. Sie ist vor einem Monat für ein Jahr als Austauschschülerin in die USA gegangen. Seitdem suchen ihre Eltern nach einem Mädchen, das sich um Spikey kümmert, bis Susanna wieder da ist.«

»Wieso?«, fragte Julia. »Das kann doch nicht so schwer sein.«

»Nein, eigentlich nicht«, stimmte ihr Svea zu. »Es gibt genug Mädchen, die Spikey gern reiten würden. Nur Spikey scheint das nicht zu wollen.«

»Wie meinst du das?«

»Also wenn du mich fragst, ist er einfach traurig«, mischte sich Carolin ein.

»Carolin, du nun wieder!« Svea schüttelte den Kopf. »Carolin glaubt, dass Spikey seine Susanna so sehr vermisst, dass er niemanden um sich haben will. Früher haben ihn nämlich auch andere geritten, und da hat er nie Schwierigkeiten gemacht«, erklärte sie.

Armer Spikey, dachte Julia voller Mitgefühl. Plötzlich hatte sie das dringende Gefühl, das Pony trösten zu müssen. Ohne auf ihre neuen Freundinnen zu achten, ging sie den Hügel hinab zur Trauerweide. »Du vermisst deine Reiterin, nicht wahr?« Sie glaubte zu wissen, was in dem Pferd vor sich ging. Vermutlich erging es Chenna auf dem Auerbach-Hof nicht viel besser. Wenige Schritte von der Trauerweide entfernt blieb sie stehen.

Kein einziges Pony lag jetzt noch unter dem Baum. Einige waren zu Svea und Carolin auf den Hügel gelaufen, als Julia näher kam. Andere grasten friedlich am Bach. Alles war still hier – fast unnatürlich still. Es war, als hätte jemand den Ton ausgeschaltet. Als hielte die Welt den Atem an. Julia hörte weder die Rufe ihrer Freundinnen noch das leise Murmeln des Baches. Magie lag in der Luft, ein Hauch von Zauber, den sie fast körperlich spüren konnte.

Aus den wogenden Schatten unter der Trauerweide fühlte Julia den Blick des Ponys auf sich ruhen. Trotzdem wagte sie es nicht, näher heranzutreten. Instinktiv spürte sie, dass jede Bewegung das zarte Band zerstören würde, das sie in diesem Moment mit dem herrlichen Tier verband. »Komm zu mir«, lockte sie in Gedanken und streckte Spikey die Hand entgegen. »Ich bin deine Freundin.«

Und obwohl sie die Worte nicht laut ausgesprochen hatte, ertönte von der Weide her wie zur Antwort ein leises Schnauben. Trockenes Laub raschelte und Zweige knackten, als sich das gescheckte Pony langsam in Bewegung setzte. Würdevoll wie ein Prinz,

den Kopf hoch erhoben, trat es ins Licht und die weißen Flecken seines Fells funkelten im Sonnenschein wie frisch gefallener Schnee.
Die dunklen Pferdeaugen streiften Julias Blick, hielten ihn fest und ließen etwas in ihr wie eine helle Saite erklingen.
»Mein Spikey!« Der Gedanke kam so plötzlich, dass Julia erschrak. Wie konnte sie nur so etwas denken. Spikey gehörte ihr doch nicht! Dennoch war da etwas, das sie nicht mit Worten beschreiben konnte. Ein Gefühl, als würde sie Spikey schon ewig kennen. Spikey schnaubte erneut, trat näher und schüttelte seine Mähne.
Der Blickkontakt brach ab und der Zauber des Augenblicks erlosch. Julia hörte wieder das Murmeln des Baches und Sveas und Carolins aufgeregte Stimmen. Aus den Augenwinkeln sah sie die beiden Mädchen den Hügel hinablaufen.
Doch das alles war jetzt nicht wichtig. Julia wusste genau, was sie nun tun würde. Während sie liebevoll über Spikeys seidiges Fell strich, trat sie neben das Pony und schwang sich wie selbstverständlich auf seinen Rücken. Sie schnalzte leise mit der Zunge und Spikey reagierte sofort.
Als hätte er nur darauf gewartet, trug er das Mädchen über die Koppel. Julia hielt sich an der langen braunen Mähne fest, brauchte Spikey aber nicht zu führen. Das Pony schien auch so zu wissen, worauf es ankam. Ohne spürbare Übergänge fiel es vom Schritt in den Trab und dann in den Galopp. Mit traumwandlerischer Sicherheit trug es seine junge

Reiterin über die Unebenheiten der Wiese, bis Julia glaubte zu fliegen.
Reiten! Nichts anderes war mehr wichtig. Endlich wieder reiten! Mit Spikey war es fast so schön wie mit Chenna. Es war, als wären sie ihr ganzes Leben lang zusammen geritten. Mit weit ausgreifenden Schritten flog das Pony über die Wiese. Kein Schenkeldruck und keine Worte waren nötig, um Spikey vor dem windschiefen Zaun der Hauskoppel zu warnen, dem sie sich immer wieder mit rasender Geschwindigkeit näherten. Spikey schien selbst zu wissen, wann er die Richtung wechseln musste.
Nach einer Zeit, die Julia wie eine kleine Ewigkeit vorkam, wurde Spikey schließlich langsamer. Unmittelbar vor Svea und Carolin kam er zum Stehen und Julia glitt von seinem Rücken. Die beiden Mädchen starrten sie mit offenem Mund an.
»Wow!«, staunte Carolin. »Das müssen wir unbedingt Frau Deller sagen.« Ihre Stimme bebte vor Aufregung. »Seit Wochen lässt sich Spikey von niemandem reiten, frisst nicht und ist bockig, und dann kommt Julia und reitet ihn, als würden sich die beiden schon ewig kennen.« Sie wollte sich umdrehen und zum Reiterhof zurücklaufen, doch Svea hielt sie am Ärmel fest.
»Frau Deller ist nicht da«, erinnerte sie ihre Freundin. »Sie ist doch heute Morgen mit Lara nach Zwissau zum Springreiten gefahren.«
»Stimmt.« Carolin nickte. »Daran habe ich nicht mehr gedacht.« Sie wandte sich an Julia. »Kannst du heute Nachmittag auf den Hof kommen?«

Julia schien ihre Frage gar nicht gehört zu haben. Gedankenverloren strich sie über Spikeys Fell. Das Pony schnaubte leise und drehte den Kopf nach hinten, um Julia mit den Nüstern anzustoßen.

»Er mag mich«, schoss es Julia durch den Kopf. »Er mag mich, obwohl wir uns heute zum ersten Mal begegnet sind und er mich noch gar nicht richtig kennt.« In einem Anfall von Zärtlichkeit schlang sie die Arme um Spikeys Hals. »Und ich mag dich auch«, dachte sie glücklich.

»Julia!« Carolins Stimme klang ungeduldig.

»Was ist?«

»Ich hab dich schon dreimal gefragt, ob du um vier Uhr wieder auf den Reiterhof kommen kannst. Dann ist Frau Deller nämlich zurück und wir können ihr erzählen, dass wir jemanden gefunden haben, den Spikey mag.«

Julia nickte. Irgendwie würde sie das hinkriegen. Die Aussicht, Spikey womöglich ein ganzes Jahr lang in Pflege nehmen zu können, ließ ihr Herz höher schlagen. Das einzige Problem war, es ihren Eltern möglichst schonend beizubringen, damit sie es ihr auch erlaubten.

»Ich komme auch«, hörte sie Svea sagen. »Wir treffen uns Punkt vier an der grünen Halle und gehen dann gemeinsam zu Frau Deller.«

»Kommst du auch ganz sicher, Julia?«, vergewisserte sich Carolin.

»Klar! Soweit ich weiß, liegt heute Nachmittag nichts an«, erklärte Julia. »Meine Eltern räumen bestimmt noch den ganzen Tag Kartons aus.«

Als die drei wenig später um die Ecke des Ponystalls bogen, sahen sie Anita, die ihre White Lady am Viereck striegelte.
»Die hat uns gerade noch gefehlt«, murmelte Svea und verdrehte die Augen. »Wir tun einfach, als würden wir sie nicht sehen.«
Aber es war bereits zu spät. Als hätte Anita nur darauf gewartet, die Mädchen zu treffen, legte sie den Striegel zur Seite und kam auf sie zu. »Ah, da sind ja unsere beiden Cowgirls«, sagte sie mit einem dünnen Lächeln. »Habt ihr euer Pony wieder eingefangen?«
»Na klar. Was denkst du denn?« Carolin machte keinen Hehl daraus, dass sie absolut keinen Wert darauf legte, sich mit Anita zu unterhalten. Hastig wollte sie an ihr vorbeigehen, doch das hochgewachsene, hellblonde Mädchen stellte sich ihr in den Weg. »Da habt ihr ja Glück gehabt«, meinte sie spitz. »Katja war nicht begeistert, als sie davon erfuhr.«
»Katja?« Vor Schreck zog Carolin die Luft durch die Zähne. Dass die Betreuerin der Reitschulponys von ihrem Missgeschick erfahren hatte, gefiel ihr gar nicht. »Woher weiß sie davon?«
»Nun, ihr erwartet wohl nicht, dass ich Katja anlüge, wenn sie mich fragt, ob ich euch gesehen habe. Schließlich wart ihr längst überfällig.« Anitas Lächeln wurde breiter. Sie machte sich nicht die geringste Mühe, ihre Schadenfreude zu verbergen. »Sie war wirklich besorgt. Besser, ihr geht gleich zu ihr und sagt, dass ihr wieder da seid«, meinte sie von oben herab. »Sie war ganz schön sauer.«
»Und wo ist Katja?«, fragte Carolin säuerlich.

»Mit dem Tierarzt im Privatstall. Gaucho geht es gar nicht gut.«
Carolin murmelte etwas Unverständliches und machte sich missmutig auf den Weg zum Privatstall. Es ärgerte sie maßlos, dass Anita sie bei Katja angeschwärzt hatte. Die falsche Schlange ließ aber auch keine Gelegenheit aus, jemanden zu verpetzen. Nur gut, dass sie Derry heil zurückgebracht hatten. Nicht auszudenken, welche Genugtuung es für Anita gewesen wäre, wenn Svea und sie es nicht geschafft hätten.
»Wartest du hier, Julia?«, fragte Svea. »Wir sind gleich wieder da.« Ohne Anita eines Blickes zu würdigen, eilte sie Carolin hinterher.
»Na, du bist wohl neu hier«, wandte sich Anita unterdessen an Julia.
»Ja.« Solange Julia Anita nicht einschätzen konnte, hielt sie es für besser, dem Mädchen so wenig wie möglich über sich zu verraten.
»Und wie alt bist du?«, wollte Anita wissen.
»Zwölf.«
»Ach, erst zwölf.« Anitas abfälliger Tonfall ließ keinen Zweifel daran, dass sie Zwölfjährige für ziemlich kleine Mädchen hielt. »Und wo wohnst du?«
»In Neu Horsterfelde.«
»So? Komisch, da hab ich dich noch nie gesehen. Reitest du?«
War das etwa ein Verhör? Die Art, wie Anita mit ihr sprach, war wirklich unmöglich. Was bildete sich die überhaupt ein? Langsam wurde Julia wütend. Um Mädchen wie Anita hatte sie auf dem Auerbach-Hof einen großen Bogen gemacht.

Schön ruhig bleiben, Julia, ermahnte sie sich in Gedanken. Nur nicht aufregen. Wie sagte ihr Vater doch immer? »Regel Nummer drei: Man sollte sich nie mit Leuten anlegen, die man gerade erst kennen gelernt hat.«
Julia seufzte. Zähneknirschend schluckte sie die bissige Bemerkung, die ihr auf der Zunge lag, hinunter und sah Anita gleichmütig an. »Gelegentlich«, lautete ihre knappe Antwort. Das war natürlich stark untertrieben, aber mehr würde dieses eingebildete Mädchen nicht von ihr erfahren.
Anita maß sie mit einem langen, abschätzenden Blick. »Und? Willst du auch hier reiten?«, setzte sie ihr Verhör fort.
»Mal sehen, vielleicht.« Julia gab sich bewusst unentschlossen und zog die Schultern hoch.
»Eigenes Pferd?«, hakte Anita nach.
Julia schüttelte den Kopf.
»Großes oder kleines Hufeisen?«
Julia konnte den Eindruck nicht loswerden, dass Anita sie als mögliche Konkurrentin einzuordnen versuchte.
»Gar keine Prüfung. Ich reite einfach gern«, log sie. Sie hatte nicht die geringste Lust, Anita zu erzählen, dass sie schon im vergangenen Herbst ihren Reiterpass gemacht hatte.
»Aha, Anfängerin also.« Anita straffte sich zufrieden und hatte es plötzlich sehr eilig. Offensichtlich war sie zu dem Schluss gekommen, dass das fremde Mädchen keine ernsthafte Gefahr für sie darstellte. Ohne Julia die Gelegenheit zu geben, ihre voreilige

Schlussfolgerung zu korrigieren, wandte sie sich wieder ihrer White Lady zu. »Ja dann, war nett dich kennen zu lernen«, murmelte sie gelangweilt über die Schulter hinweg, nahm den Striegel und beschäftigte sich wieder mit der Fellpflege der Schimmelstute.
Julia antwortete ihr nicht. Kopfschüttelnd ließ sie Anita hinter sich und ging zu ihrem Fahrrad. Anitas gab es wohl auf jedem Reiterhof. Nur, dass sie immer andere Namen trugen. Reiterhöfe waren anscheinend genau das richtige Umfeld für solche Zicken.
Julia nahm ihr Mountainbike und schob es in einem weiten Bogen um das Viereck herum. Sie legte keinen großen Wert darauf, noch einmal mit Anita zu sprechen.
An der Auffahrt zum Reiterhof, nicht weit vom Privatstall entfernt, hielt sie an und wartete auf Svea und Carolin. Die beiden ließen sich Zeit. Unruhig schaute Julia auf die Uhr. Fast halb elf. Allerhöchste Eisenbahn. Ihre Mutter war sicher schon krank vor Sorge, wenn sie nicht sogar die Polizei gerufen hatte. Ungeduldig blickte Julia zum Privatstall hinüber. Schließlich wurde es ihr zu bunt. Sie musste wirklich los. Schwungvoll stieg sie auf ihr Rad und quälte sich stehend die steile Auffahrt hinauf.
»Julia, warte!« Das war Svea.
Ohne anzuhalten drehte sich Julia um. »Hab keine Zeit mehr. Ich muss ganz schnell nach Hause!«, rief sie ihrer neuen Freundin zu. »Wir sehen uns dann heute Nachmittag!«

Ein Pflegepony für Julia

Als Julia ihr Mountainbike neben dem Transporter, in dem sie die Umzugskartons aus Auerbach geholt hatten, an die Hauswand lehnte, war es fast Mittag. Noch bevor sie die Hand nach dem Klingelknopf ausstrecken konnte, wurde die Haustür aufgerissen und ihre Mutter trat heraus. Ärger und Erleichterung spiegelten sich in rascher Folge in ihrem Gesicht, während sie nach den richtigen Worten suchte, um ihre Tochter zu begrüßen.

»Julia! Wo um alles in der Welt bist du gewesen?«, stieß sie mit bebender Stimme hervor. »Wir warten schon seit zwei Stunden auf dich. Ich war kurz davor, die Polizei anzurufen.«

»Tut mir Leid.« Julia blickte schuldbewusst zu Boden. Sie bemühte sich, zerknirscht zu wirken, aber in ihrem Bauch tummelten sich so viele Schmetterlinge, dass es ihr nicht recht gelang. »Ich wollte nicht so lange fortbleiben, aber ich ...«

»... habe irgendwo ein paar Pferde gesehen und die Zeit vergessen«, beendete ihr Vater den Satz für sie. Er war hinter der Mutter in die Tür getreten und seine Miene verhieß nichts Gutes. »Hab ich es nicht gesagt, Anette?«, wandte er sich an Julias Mutter und nahm seine Ich-durchschaue-alles-Haltung ein. »Die geschulten Augen des Vaters sehen sofort die Pferdehaare auf dem Shirt seiner Tochter.«

»Papa!« Julia rechnete sich eine Chance aus, dem drohenden Donnerwetter zu entkommen, wenn sie ihren Eltern von Spikey berichtete. »Ich habe ganz in der Nähe einen Reiterhof entdeckt«, sagte sie schnell. »Heute Morgen bin ich mit dem Fahrrad los und hab Svea und Carolin getroffen. Carolins Derry war ausgerissen. Ich hab ihn gerade noch aufgehalten, bevor er über die Brücke abhauen konnte.« Ein bisschen Übertreibung kann vielleicht nicht schaden, dachte sie bei sich. »Ich bin dann Svea und Carolin zum Reiterhof gefolgt, und stellt euch vor, da gibt es ein Pony, das ist ganz traurig, weil das Mädchen, dem es gehört, in den USA ist. Spikey, also, ich meine, das Pony wollte nicht fressen, war bockig und ließ sich von niemandem reiten – außer von mir, und ...« Julia wusste, dass sie fürchterlich durcheinander redete, aber es gab so viel, das ihre Eltern wissen mussten, dass sie es gar nicht schnell genug in die richtige Reihenfolge bringen konnte.

»Hm, die Stirn des Vaters legt sich in Falten«, fing ihr Vater wieder mit seiner Lieblingsnummer an. Gleich würde er sagen, dass alles, was Julia jetzt vorbrachte, vor Gericht gegen sie verwendet werden könnte. Aber so weit kam es nicht.

»Lass gut sein, Martin«, fiel ihm seine Frau besänftigend ins Wort. »Die Hauptsache ist doch, dass sie wieder heil da ist.«

Julia horchte auf. Das klang schon nicht mehr so streng. In der nächsten Sekunde wandte sich ihre Mutter allerdings wieder stirnrunzelnd an sie. »Du bist geritten, Julia? Etwa ohne Helm?«

Julia seufzte. Das war typisch Mama. Sicherheit ging ihr über alles.
»Natürlich ohne Helm«, hörte sie ihren Vater spotten. »Die junge Dame hatte es heute Morgen ja auch nicht nötig, ihren Fahrradhelm aufzusetzen.«
»Weil der noch in irgendeinem der fünfhundert Umzugskartons vergraben ist«, verteidigte sich Julia, obwohl sie genau wusste, dass sie den Helm selbst dann nicht aufgesetzt hätte, wenn er griffbereit am Lenker gehangen hätte.
»Komm bitte erst einmal rein«, lenkte ihre Mutter ein. »Unsere Nachbarn müssen nicht gleich den Eindruck bekommen, wir würden uns dauernd streiten.«
Im Wohnzimmer war die Zahl der Sitzmöbel schon deutlich angewachsen. So hatten sich zu dem einsamen Sessel vom Vortag noch ein weiterer Sessel sowie das Zweisitzersofa gesellt. Sogar der schwarze Ölschiefertisch stand in der Mitte der Dreiergruppe auf dem dicken Teppich.
»So«, sagte ihre Mutter, nachdem sich alle gesetzt hatten. »Jetzt kannst du uns in Ruhe erzählen, was du erlebt hast. Und vielleicht erklärst du uns bei der Gelegenheit auch, was du dir dabei gedacht hast, uns so in Sorge zu versetzen.« Sie deutete auf die Uhr an Julias Handgelenk. »Du wusstest doch genau, wie spät es ist.«
Julia stöhnte. Wie sie diese Art von Familiengericht hasste. Aber diesmal konnte sie sich wohl nicht davor drücken. Schließlich galt es, einen drohenden Stubenarrest für den Nachmittag zu verhindern. »Also,

ich war heute schon ganz früh wach ...«, begann sie mit ihrem Bericht.
Als Julia geendet hatte, herrschte zunächst Schweigen. Schließlich ergriff ihre Mutter das Wort. »Ich muss schon sagen, das ist eine merkwürdige Geschichte, die du uns erzählst.« Ihre Stimme klang skeptisch. Man musste kein Hellseher sein, um zu erkennen, dass sie ihrer Tochter nicht alles glaubte, was sie gerade gehört hatte.
»Aber es ist wahr!« Trotzig verschränkte Julia die Arme vor der Brust. »Es ist genau so gewesen, wie ich es euch erzählt habe.«
»Dass du mit dem Pony so schnell klarkommst, finde ich seltsam. Ich weiß, du kennst dich mit Ponys aus, aber ...« Ihre Mutter schien nachzudenken. »... dass du das Pony dann gleich geritten hast«, meinte sie kopfschüttelnd, »ein Pony, das du gar nicht kennst. Und überdies ohne Sattel.«
»Frag doch Svea und Carolin, die waren dabei und haben es gesehen«, entgegnete Julia.
Natürlich wusste sie, dass man sich nicht einfach mir nichts, dir nichts auf ein unbekanntes Pferd setzen sollte. Aber Spikey war ihr nicht unbekannt vorgekommen. Im Gegenteil. Warum konnten ihre Eltern das nicht verstehen?
»Also, wenn das meiste wahr ist, was du erzählt hast«, begann ihr Vater gedehnt, »dann gibt es eigentlich nur eine Möglichkeit.«
Julia horchte auf. Etwas in der Stimme ihres Vaters sagte ihr, dass es heute kein Donnerwetter mehr geben würde.

»Ich werde dich um vier Uhr zum Reiterhof begleiten. Mama und ich wollten dich heute damit überraschen, dass es ganz in der Nähe einen Reiterhof gibt.« Er seufzte übertrieben. »Nun, das hat sich wohl erledigt. Aber wenn man, wie du sagst, tatsächlich jemanden sucht, der sich um den armen, einsamen Spikey kümmert und das Pony sich wirklich mit dir angefreundet hat, dann sollten wir es nicht länger leiden lassen.«
»Yippie!« Mit einem begeisterten Aufschrei sprang Julia aus dem Sessel, schlang ihrem verdutzten Vater die Arme um den Hals und drückte ihm einen dicken Kuss auf die Wange. »Danke, Vati!«

»Bei den Menschen?« Ungläubig starrte Mailin in die flache, wassergefüllte Kupferschale. Sie wusste nicht, was sie erwartet hatte, als Enid ihr erklärte, das Wasser werde ihr Shadows Aufenthaltsort zeigen – aber das ganz gewiss nicht! Das Bild in der Schale zeigte eine bewaldete, hügelige Landschaft, durch die sich dünne graue und braune Linien schlängelten. In der Mitte des Bildes war eine Gruppe von Häusern zu sehen, auf deren ausgedehnten Weiden unzählige Pferde im Sonnenlicht grasten.
Mailin erschauerte. Die Welt der Menschen war den Elfen seit langem verboten. Zwar hatten sich ihre

Vorfahren vor vielen Jahren wie selbstverständlich zwischen beiden Welten bewegt, aber dann hatten sich die Menschen allmählich verändert. Es hieß, sie hätten den Glauben an das Märchenhafte verloren. Mit unnachgiebiger Härte begannen sie alles zu verfolgen, was ihnen fremd und unnatürlich erschien. Das machte sie für die Elfen gefährlich. Deshalb befahl der Elfenkönig, die Tore zwischen Elfenreich und Menschenwelt für immer zu schließen.
»Aber wie kommt Shadow dorthin?« Noch immer war Mailin nicht bereit zu glauben, was Enids Findezauber ihr zeigte.
»Lavendra ist mächtig«, erklärte Enid. »Für die meisten ist es unmöglich, doch für jene, welche die uralten Riten kennen, ist es nur ein winziger Schritt ins Menschenreich.«
»Aber es ist verboten!«
»Was kümmert so ein Verbot jemanden, der einen Hochverrat plant«, meinte Enid kühl und fügte hinzu: »Lavendra hätte Shadow niemals töten können. Aiofee hätte es sofort bemerkt. Sie hatte keine andere Wahl, als ihn dorthin zu schicken. Das Fohlen musste für immer verschwinden, damit sie ihren Plan in die Tat umsetzen konnte.«
Mailins letzte Hoffnung schwand. »Dann werde ich ihn nie mehr wiedersehen«, sagte sie betrübt.
»Aber, aber. Wer wird denn so schnell aufgeben?« In den Augen der Elfenpriesterin flackerte es leidenschaftlich. »Das ist der Augenblick, auf den ich all die Jahre gewartet habe. Endlich habe ich die Möglichkeit, Lavendras falsches Spiel aufzudecken und ...«

»Ihr könnt hier nicht fort«, warf Mailin ein. »Und niemand darf erfahren, dass ich bei Euch war, denn das wird am Hof hart bestraft. Wir können keinem erzählen, was mit Shadow geschehen ist.« Traurig starrte sie auf das durchscheinende Bild im Wasser. »Wir haben ihn für immer verloren!«

»Nicht, wenn du mutig genug bist.« Enid war herangetreten. Während sie Mailin die rechte Hand auf die Schulter legte, griff sie mit der anderen sanft unter das Kinn des Elfenmädchens und sah ihr in die Augen. »Wenn es uns gelingt, Shadow zurückzuholen und ihn gemeinsam mit seinem magischen Zwilling am Hof vorzuführen, muss der König uns glauben. Lavendra wäre überführt. Und? Bist du mutig, Mailin?«, fragte sie einem Tonfall, der keine Ausflüchte zuließ. »Mutig genug, in die Welt der Menschen zu gehen und Shadow zu befreien?«

Mailin schluckte. Was Enid von ihr verlangte, war ungeheuerlich. Und außerdem verboten. Nicht nur das, es war auch sehr gefährlich.

»Bin ich mutig?«, fragte sie sich in Gedanken. Vielleicht. Aber wie mutig? Mutig genug, um zu tun, was Enid von ihr verlangte? Mailin zögerte. Ein dicker Kloß hatte sich in ihrem Hals festgesetzt und hinderte sie am Sprechen. Sie spürte, dass viel, sehr viel von ihrer Antwort abhing. Was sie auch sagte, es konnte ihr Leben verändern. Noch mehr: Enids Schicksal war eng mit ihrer Antwort verknüpft, wenn nicht – ja, wenn nicht sogar das Schicksal des ganzen Elfenreiches. Mailin fühlte sich, als lastete ein Berg auf ihren Schultern. Ihr Wunsch, Shadow zu befreien, war sehr stark. Aber sie hatte auch große Angst vor dem, was sie in der Menschenwelt erwarten würde. War sie mutig genug?

Am Ende war es Enid, die ihr die Entscheidung abnahm. »Ja, das bist du«, gab sie selbst die Antwort auf ihre Frage. »Ich spüre es. Du bist viel mutiger, als du denkst, und kannst mehr erreichen, als du dir zutraust. Du trägst eine Kraft in dir, von der du selbst noch nichts ahnst.« Sie machte ein kurze Pause und lächelte Mailin aufmunternd zu. »Ich weiß, dass du die Richtige bist. Sonst wärst du niemals zu mir gekommen. Du wirst es schaffen.« Sie wandte sich um, trat an das Fenster und blickte zum Himmel hinauf. »Wir haben großes Glück«, erklärte sie feierlich. »Es ist die Nacht des Vollmondes. Lavendra mag es auch ohne die Hilfe des Mondes vollbringen, doch Vollmondnächte sich die einzigen, in denen es mir möglich ist, ein Tor zur Menschenwelt zu öffnen. Wenn wir Shadow wirklich retten wollen, dürfen wir nicht länger zögern.« Sie machte einen Schritt zur Tür und forderte Mailin durch ein leichtes Kopfnicken auf, ihr zu folgen. »Komm mit mir, mein Kind«, sagte sie sanft. »Ich werde dir ein wenig Proviant für deine Reise zusammenpacken. Dann will ich dir den Weg weisen, den du gehen musst.«

Als der Transporter mit Julia und ihrem Vater die abschüssige Einfahrt zum Reiterhof hinunterholperte, warteten Carolin und Svea schon vor der grünen Halle.
»Da vorne sind sie!« Julia wäre am liebsten gleich ausgestiegen und zu ihren neuen Freundinnen gelaufen, doch ihr Vater bestand darauf, dass sie gemeinsam gingen. So musste sie sich gedulden, bis er den Transporter auf dem Parkplatz hinter der blauen Halle abgestellt hatte.
»Also, hier möchte ich nicht hinunterfahren müssen, wenn es geregnet hat«, meinte ihr Vater mit einem Blick auf die tief ausgefahrenen Spuren der Hofeinfahrt und die großen Schlaglöcher des Parkplatzes. Schwungvoll warf er die Tür des Transporters ins Schloss und trat zu Julia, die ihm einige Schritte vorausgeeilt war und am Eingang der blauen Halle auf ihn wartete.
»Nicht viel los heute, wie?«, bemerkte er und deutete auf das verlassene Viereck und die leeren Boxen des Ponystalls.
»Hier haben die Reitschulpferde sonntags frei«, erklärte Julia. Dass ausgerechnet am Sonntag, wo die Leute doch die meiste Zeit hatten, kein Reitbetrieb stattfand, schien ihr unlogisch. Sie musste sich wohl daran gewöhnen, dass hier einiges anders war als auf dem Auerbach-Hof.

»Hallo, Julia. Guten Tag, Herr ...?« Carolin stutzte, weil ihr einfiel, dass Julia ihren Nachnamen am Morgen nicht genannt hatte.
»... Wiegand. Julias Freundinnen nennen mich aber Martin«, ergänzte Julias Vater lachend. »Und ihr seid sicher Svea und Carolin. Julia hat meiner Frau und mir von euch erzählt.«
»Ist Frau Deller schon da?« Julia blickte sich um, doch außer drei jüngeren Mädchen, die gerade die Ponyställe ausmisteten, war weit und breit niemand zu sehen.
»Nein, leider nicht.« Svea deutete zum Parkplatz. »Ihr Rover und der Pferdeanhänger sind auch nicht da. Wahrscheinlich ist sie gerade auf dem Rückweg von Zwissau.«
»Nun, dann warten wir eben.« Demonstrativ ließ sich Julias Vater neben Svea auf der hölzernen Bank vor der grünen Halle nieder und streckte die Beine aus. »Wenn Frau Deller heute nach Zwissau gefahren ist, kann es sich ja eigentlich nur noch um Stunden handeln.«
Julia, Svea und Carolin sahen sich betreten an. »Aber Katja hat mir gesagt, dass sie um vier wieder zurück sein wollte«, sagte Svea.
Julia setzte sich neben Carolin, schloss die Augen und wandte ihr Gesicht der Sonne entgegen. Es passte ihr überhaupt nicht, hier herumsitzen zu müssen. Am liebsten wäre sie gleich zur Hauskoppel gelaufen, um Spikey zu sehen. Doch wie ihr Vater ihr schon im Auto erklärt hatte, musste sie damit warten, bis Frau Deller zurück war und es ihr erlaubte.

»Du bist hier nicht in Auerbach, Julia«, hatte er sie erinnert. »Frau Deller ist es sicher nicht recht, wenn du hier einfach herumspazierst. Sie kennt dich nicht. Mir würde es auch nicht gefallen, wenn Fremde unser Grundstück betreten, ohne mich zu fragen – selbst wenn sie glauben, gute Gründe dafür zu haben. Regel Nummer eins: Frage um Erlaubnis, bevor du ein fremdes Grundstück betrittst.«

Julia hatte ihm nicht darauf geantwortet. Sie konnte es nicht leiden, wenn ihr Vater so schulmeisterhaft redete – schon gar nicht, wenn sie wusste, dass er Recht hatte.

Das knirschende Geräusch breiter Reifen, die sich vorsichtig die unwegsame Auffahrt hinabtasteten, riss sie aus ihren Gedanken.

»Na endlich, Frau Deller kommt!« Carolin sprang auf und lief dem dunkelgrünen Rover entgegen. Die Besitzerin des Reiterhofes hielt an und ließ das Fenster herunter. Carolin wechselte ein paar Worte mit ihr und kehrte zu den anderen zurück, während der Rover mit dem Pferdeanhänger hinter der blauen Halle verschwand.

»Was hast du ihr gesagt?«, wollte Svea wissen.

»Nur, dass wir sie ganz dringend sprechen müssen«, erwiderte Carolin. »Sie kommt, sobald sie ihren Wagen und den Hänger eingeparkt hat und Millennium wieder in der Box ist.«

»Warum macht Lara das nicht selbst?«

»Frau Deller hat Lara schon nach Hause gebracht. Als Belohnung, weil sie beim Turnier so gut abgeschnitten hat.«

»Wievielte ist sie denn geworden?«
»Achte, aber es hatten sich wohl auch sehr viele angemeldet.« Carolin reckte den Kopf, weil Frau Deller gerade um die Ecke kam und Millennium zum Privatstall führte.
Der junge Arabermischling war von der langen Fahrt sichtlich nervös und scheute, als sie ihn vom Hof in den dunklen Stall bringen wollte. Immer wieder stieg er auf und schlug mit den Vorderhufen aus.
Julias Vater eilte sofort hinüber, um die sperrige Stalltür zu öffnen. Dabei musste er höllisch aufpassen, um nicht einen von Millenniums Hufschlägen abzubekommen.
»Vielen Dank!« Frau Deller, die die Führleine des Schimmels mit beiden Händen halten musste, lächelte. »Er ist völlig überfordert. Die lange Autofahrt heute Morgen, dann der Trubel auf dem Turnierplatz und jetzt die Rückfahrt. Das ist er einfach noch nicht gewohnt.«
Wenig später stand Millennium genüsslich an einer Mohrrübe kauend in seiner Box.
»Prima, das wäre geschafft.« Erleichtert befestigte Miriam Deller den letzten Haken der Gummimatte an der Seitenwand der Box und trat in die Stallgasse. »Kinder, was für ein Tag!«, murmelte sie mehr zu sich selbst und rieb sich müde die Augen. Dann wandte sie sich an Julias Vater, der ihr in den Stall gefolgt war. »Sind Sie wegen der Mädchen hier, Herr ...?«, fragte sie.
»Wiegand. Martin Wiegand«, stellte sich Julias Vater vor und deutete auf die Gruppe, die ungeduldig vor

der Stalltür wartete. »Meine Tochter Julia und ich sind wegen Spikey gekommen.«

»Wegen Susanna Meinerts Pony?« In den Augen der Reiterhofbesitzerin blitzte es hoffnungsvoll. »Hat Frau Meinert Sie hergeschickt?«

»Nein, nein. Das nicht, aber ... Also ich weiß nicht, wie ich es Ihnen erklären soll. Ich war nämlich nicht dabei. Am besten, Sie lassen es sich von den Mädchen selbst erzählen.«

»Du hast Spikey geritten?« Miriam Deller traute ihren Ohren nicht. Was die drei ihr berichteten, passte gar nicht zu Spikey, seit Susanna fort war.

»Nur ein kleines Stück auf der Hauskoppel«, beeilte sich Svea zu erklären, bevor Julia etwas antworten konnte.

»Kinder, Kinder«, sagte Frau Deller kopfschüttelnd. Sie wusste nicht, ob sie das fremde Mädchen wegen des unerlaubten Rittes tadeln oder sich darüber freuen sollte, dass Spikey endlich wieder Zutrauen zu jemandem gefasst hatte. Zu guter Letzt beschloss sie, ein Auge zuzudrücken. Was zählte war, dass es Spikey besser ging. »Nun, ich denke, es ist am besten, wenn wir zu Spikey gehen und ihn selbst fragen, was er von Julia hält«, meinte sie schmunzelnd.

Das war das Stichwort, auf das die Mädchen die ganze Zeit gewartet hatten.

»Kein Problem!«, platzte Svea heraus. »Spikey wird sich bestimmt freuen, Julia wiederzusehen.«

Die drei stürmten voraus zur Hauskoppel, während ihnen die Erwachsenen langsamer folgten.

»Ich muss natürlich erst mit Frau Meinert sprechen, bevor ich Ihrer Tochter die Erlaubnis geben kann, sich um Spikey zu kümmern«, meinte Frau Deller, während sie das Tor zur Hauskoppel passierten. »Wahrscheinlich will sie auch persönlich mit Ihnen und Julia sprechen, um sich selbst ein Bild zu machen. Und Sie wären damit einverstanden, dass sich Ihre Tochter um Spikey kümmert?«, vergewisserte sie sich.

Julias Vater nickte. »Ein eigenes Pferd zu halten sprengt leider meinen finanziellen Rahmen«, erklärte er. »Aber ich weiß, wie sehr Julia den Auerbach-Hof und ihr Pony dort vermisst. Spikey würde ihr bestimmt helfen, schneller über die Trennung hinwegzukommen. Das Pony ist genau das, was sie jetzt braucht.«

Frau Meinert traf noch am selben Nachmittag auf dem Reiterhof ein, um Julia und ihren Vater kennen zu lernen. Sie war so glücklich, endlich jemanden gefunden zu haben, der Spikey betreuen konnte, dass sie nur wenige Fragen stellte. Die meisten galten Julias Erfahrung im Umgang mit Pferden. Doch als sie hörte, dass Julia schon mit acht Jahren im Sattel saß und bereits mit elf ihre Reiterpassprüfung bestanden hatte, war sie sofort einverstanden: Julia sollte Spikey für die kommenden zehn Monate in Pflege nehmen.

»Also, dann ...«, Frau Deller erhob sich hinter ihrem Schreibtisch und reichte Julia die Hand, »... würde ich sagen: Auf gute Zusammenarbeit, Julia!«

»Ich werde Sie bestimmt nicht enttäuschen.« Julia

strahlte mit der Sonne um die Wette, während sie Frau Dellers festen Händedruck erwiderte und sich dann Susannas Mutter zuwandte. »Vielen Dank, Frau Meinert!«

»Keine Ursache.« Frau Meinert lächelte. »Eigentlich muss ich mich bei dir bedanken. Ich habe mir große Sorgen um Spikey gemacht.«

Julia drehte sich um und warf ihrem Vater einen verstohlenen Blick zu.

Der verstand sofort. »Willst du nicht rausgehen und es Carolin und Svea erzählen?«, meinte er schmunzelnd. »Die beiden sind so neugierig, dass sie sich schon seit einer halben Stunde die Nasen an der Fensterscheibe platt drücken. Die Formalitäten und das Finanzielle kannst du beruhigt uns Erwachsenen überlassen.«

Das ließ sich Julia nicht zweimal sagen. Nach ein paar höflichen Abschiedsworten stürmte sie hinaus auf den Hof, um ihren neuen Freundinnen die fantastischen Neuigkeiten zu erzählen. Von nun an würden sie sich jeden Tag sehen, um die Pferde zu versorgen oder zusammen auszureiten.

Durch die kalten Nebel

»Ganz ruhig, Gohin!« Mailin strich ihrem Pferd sanft über die Nüstern. Dem weißen Hengst schien es gar nicht zu gefallen, mitten in der Nacht durch das düstere Unterholz geführt zu werden. Immer wieder schnaubte er nervös und zerrte widerwillig am Zügel, wenn ihn ein Ast schmerzhaft an der Flanke berührte.

»Ist es noch weit?« Mailin flüsterte fast, aber Enid, die ihr ein Stück voraus war, hörte sie dennoch.

»Nur ein paar Schritte«, antwortete sie leise. »Ich höre schon die Quelle, die den Weiher speist.«

Mailin lauschte. Tatsächlich. Irgendwo in der Dunkelheit erklang das muntere Geräusch plätschernden Wassers. »Na, komm«, ermahnte sie Gohin, der in diesem Moment wohl zum hundertsten Mal schnaubte. »Gleich hast du es geschafft.«

Wenige Augenblicke später betraten sie eine Lichtung, in deren Mitte ein kleiner Weiher die Sterne widerspiegelte. Seine Oberfläche war glatt wie polierter Stein und abgesehen von dem funkelnden Sternenlicht so dunkel wie Ebenholz. Nichts rührte sich an seinem Ufer. Selbst das Konzert der Frösche, die in den lauen Sommernächten überall an den unzähligen Seen und Teichen des Elfenreiches musizierten, fehlte.

War es die unnatürliche Stille oder das schwache

Mondlicht? Oder etwas anderes, das sie nicht in Worte fassen konnte? Auf jeden Fall erschien es ihr, als wären die Lichtung und der Weiher ein magisches Trugbild, das selbst ihre feinen Elfensinne zu täuschen vermochte.
Ehrfürchtig blieb sie auf Enids Zeichen hin am Waldrand stehen, während die Elfenpriesterin gemessenen Schrittes die wenigen Meter bis zum Wasser zurücklegte. Am Ufer blieb sie stehen, blickte zu den Sternen empor und streckte die Arme in einer bittenden Geste dem vollen Mond entgegen. Ihre Lippen bewegten sich lautlos, während sie die uralten Worte sprach, die Mailin das Tor zur Menschenwelt öffnen würden.
Die Luft auf der Lichtung schien sich zu verdichten. Sie wurde so schwer, dass Mailin, die vor lauter Anspannung ohnehin kaum zu atmen wagte, das Gefühl hatte zu ersticken. Magisches Knistern umgab die Elfenpriesterin am Ufer des Weihers und entlud sich in kleinen, Funken sprühenden Blitzen auf der Wasseroberfläche. Kleine Wellen kräuselten das spiegelglatte Wasser, das langsam zu dampfen begann. Je mehr Blitze den Weiher berührten, desto mehr Nebel stieg von ihm auf. Ein träger, schwerer Nebel, in dem Abermillionen winziger Kristalle zu glitzern schienen. Und inmitten des Nebels stand Enid, die Hände zum Himmel erhoben.
Die Blitze wurden heftiger und das Wasser begann zu brodeln, doch Enid rezitierte unerschütterlich die uralten Worte.
Gohin schnaubte leise, blieb aber ruhig, als spüre

auch er die Bedeutung des Zaubers, den die Elfenpriesterin wob.
Auf einmal war wieder alles ruhig. Der Nebel hatte sich zu einer undurchdringlichen weißen Wand über dem Weiher aufgetürmt und hing träge über der Wasseroberfläche.
Vor Erschöpfung schwankend ließ Enid die Arme sinken, wandte sich um und trat zu Mailin und Gohin. »Es ist so weit«, sagte sie matt und deutete auf den Weiher. »Wenn du bereit bist, werde ich das Tor öffnen.«
Mailin nickte und klopfte auf den prall gefüllten Proviantbeutel. »Wie lange werde ich fort sein?«, fragte sie. Plötzlich fiel ihr ein, dass sie Ärger bekommen würde, wenn sie zu ihrem nächsten Dienst nicht in den Stallungen erschien.
»Nicht lange.« Die Elfenpriesterin lächelte viel sagend. »In der Menschenwelt vergeht die Zeit sehr viel schneller als in der unseren. Eine Stunde unserer Zeit entspricht ungefähr einem Tag menschlicher Zeitrechnung.« Sie rieb sich müde die Augen. »Der Mond wird noch etwa fünf Stunden am Himmel stehen. So lange werde ich das Tor offen halten und hier auf dich warten. Das bedeutet, dass du in der Menschenwelt höchstens fünf Tage Zeit hast, Shadow zu finden. Wenn nicht …«, Enids Stimme wurde sehr ernst, »… musst du ohne das Fohlen zurückkehren. Sobald sich das Tor geschlossen hat, werde ich es erst beim nächsten Vollmond wieder öffnen können. Nach menschlicher Zeitrechnung wird es dann sehr lange dauern, bis du zurückkehren kannst.«

Nur fünf Tage. Mailin schluckte. Sie hatte keine Ahnung, ob die Zeit ausreichen würde, aber sie musste es versuchen. Wenigstens würde am Hof niemand etwas von ihrem kleinen Ausflug erfahren, wenn sie rechtzeitig zurückkehrte. Das beruhigte sie.

»Und denke immer daran«, hörte sie Enid sagen, »die Menschen dürfen dich nicht sehen. Am sichersten ist es nachts, wenn alles schläft, nach Shadow zu suchen.« Die Elfenpriesterin stockte und sah Mailin fragend an. »Als Pferdehüterin müsste man dich eigentlich auch gelehrt haben, mit deiner Umgebung zu verschmelzen. Beherrschst du das Ritual?«

»Ich beherrsche es. Es war Teil meiner Ausbildung. Allerdings gab es für mich bisher noch keinen Anlass, es anzuwenden.«

»Gut.« Enid atmete auf. »Diese Form des …, sagen wir mal »Unsichtbarmachens« kann dir in der Menschenwelt bei Gefahr sehr nützlich sein. Aber du darfst nicht vergessen, dass das nur für dich zutrifft. Wenn Gohin bei dir ist, wird man ihn trotzdem sehen können.«

»Ich verstehe.« Mailin nahm sich vor, den Menschen am besten gar nicht erst zu begegnen. Dann straffte sie sich und sagte mit fester Stimme: »Ich bin bereit!« An der Seite der Elfenpriesterin führte sie Gohin zum Ufer.

Vor der dichten Nebelwand blieb sie stehen und sah Enid unschlüssig an. Die Kälte des Nebels durchdrang ihr dünnes Gewand und ließ sie frösteln. »Was muss ich tun?«

»Sieh gut hin.« Zwischen Daumen und Zeigefinger

hielt Enid ein schwarzes Haar in die Höhe, das sie aus Shadows Striegel gezogen hatte, und warf es in den Nebel, der gleich darauf von der Mitte her durchsichtig wurde.
Dahinter erkannte Mailin ein sonnenbeschienenes Waldstück. Es bestand aus locker stehenden Buchen mit langen, geraden Stämmen. Abgesehen von ein paar Brombeersträuchern und einigen Farnen gab es dazwischen nur wenig Unterholz. Die Morgensonne stand noch nicht sehr hoch und warf ihr Licht in goldenen Strahlen auf den Waldboden.
»Sieht friedlich aus«, meinte Mailin, mehr zu sich selbst, um sich Mut zuzusprechen.
»Das ist es auch.« Enid nickte. »Solange du von keinem Menschen erkannt wirst. Deshalb halte dich gut verborgen und handle nur, wenn du unbeobachtet bist.«
»Aber wie kann ich Shadow finden?« Diese Frage beschäftigte Mailin schon eine ganze Weile, und sie konnte darauf keine Antwort finden. Selbst wenn das Tor sie in die Nähe von Shadow brachte, war die Welt der Menschen doch riesig.
»Nicht du wirst ihn finden.« Enid war herangetreten und klopfte Gohin den Hals. »Gohin wird es tun. Elfenpferde spüren einander selbst über weite Entfernungen hinweg. Er wird dich führen.«
Gohin schnaubte und hob den Kopf, als hätte er jedes Wort verstanden.
»Und wie kann ich zurückkommen?«, fragte Mailin.
»Merke dir den Ort, an dem du die Menschenwelt betrittst«, erklärte Enid. »Das Tor ist geöffnet. So-

bald du die Stelle in entgegengesetzter Richtung überquerst, wirst du zurück sein.«

»Ich habe verstanden.« Behände schwang sich Mailin auf Gohins Rücken und ergriff die Zügel.

»Ich wünsche dir viel Glück, mein Kind.« Voller Zuversicht ergriff Enid die Hand des Elfenmädchens. »Ich weiß, dass du es schaffen wirst. Meine Gedanken und Wünsche werden dich begleiten.«

Sie trat einen Schritt zur Seite, um Mailin den Weg freizumachen und sagte: »Nun geh, die Welt der Menschen erwartet dich. Aber vergiss nicht, du hast nur fünf Tage.«

Mailin nickte schweigend. Den Blick fest auf den Buchenwald gerichtet, bedeutete sie Gohin mit einem sanften Schenkeldruck vorwärts zu gehen.

Das Elfenpferd zögerte nicht. Mailin hörte es platschen, als Gohins Hufe in das seichte Wasser tauchten, und unterdrückte einen Aufschrei. Eine eisige, unvergleichliche Kälte umfing sie und ließ sie erschrocken die Luft anhalten. Aber dann war es auch schon vorbei und sie fand sich im warmen Licht der Morgensonne unter denselben hohen Buchen wieder, die sie zuvor gesehen hatte.

Aufmerksam blickte Mailin sich um und schmunzelte. Die Stelle, an der sie die Menschenwelt betreten hatte, war leicht wieder zu erkennen, denn sie sah tatsächlich aus wie ein Tor. Zwei junge, dünne Buchen kreuzten dort ihre Stämme. Das so entstandene natürliche Tor war gerade hoch genug, dass Pferd und Reiterin problemlos hindurchpassten.

Mailin prägte sich die Stelle gut ein und ließ ihren

Blick weiterwandern. Aber außer einem schmalen Weg, der nicht weit entfernt durch den Wald führte, gab es nicht viel zu entdecken. Mailin schnalzte leise mit der Zunge und lenkte Gohin in Richtung des Waldweges.
»Na los, Gohin«, sagte sie entschlossen. »Dann wollen wir uns hier ein wenig umsehen.«

Julia hatte in der letzten Nacht kaum geschlafen. Die Ereignisse des vergangenen Tages gingen ihr nicht aus dem Kopf. Immer wieder musste sie an Carolin und Svea denken – und an Spikey. »Ihr Spikey« für die kommenden zehn Monate! Sie konnte ihr Glück kaum fassen. Hatte sie sich nicht gestern Morgen noch geärgert, nach Neu Horsterfelde gezogen zu sein? Und jetzt war sie so glücklich, dass sie glaubte platzen zu müssen. An Schlaf war nicht zu denken.
Kaum dass die Sonne ihre ersten Strahlen über den Himmel schickte, schlüpfte Julia aus dem Schlafsack und zog sich an. Sie konnte es gar nicht erwarten, zum Reiterhof zu kommen. Dort hatte sie sich um neun Uhr mit Svea und Carolin zu einem ersten gemeinsamen Ausritt verabredet. Und vorher gab es noch so viel zu tun.
Nach einem knappen Frühstück versuchte Julia kurz mit Kaja zu telefonieren, um zu fragen, wie es Chen-

na ging, erreichte aber niemanden. Notgedrungen verschob sie das Telefonat auf den Nachmittag und griff nach ihrer Reiterkappe.
Es war fast neun Uhr. Svea und Carolin warteten sicher schon auf sie. Hastig schlüpfte sie in ihre Reitstiefel und setzte die Kappe auf. So konnte ihre Mutter wenigstens nicht schimpfen, weil sie mal wieder ohne Fahrradhelm unterwegs war.
»Ich fahre jetzt los, Mama!«, rief sie vom Flur in Richtung des Wohnzimmers, wo ihre Mutter gerade Bücher in den Schrank einsortierte. »Zum Mittagessen bin ich wieder zurück.«
»Viel Spaß, mein Schatz!«, kam die Antwort. »Vielleicht könnt ihr hier vorbeireiten, damit ich Spikey kennen lerne.«
»Ich glaube, Svea und Carolin haben eine Strecke ausgesucht, aber ich werde sie mal fragen«, sagte Julia. »Ich kann dir also nichts versprechen.«
Sie öffnete die Haustür und trat ins Freie. Ein Blick zum wolkenlosen Himmel zeigte ihr, dass der Tag schön wurde. Schon jetzt war es so warm, dass sie auf ein Sweatshirt verzichten konnte.

Anders als am Vortag herrschte auf dem Reiterhof an diesem Morgen reger Betrieb. Auf dem Reitplatz hinter den Hallen versuchte eine Gruppe von zehn Anfängern recht unbeholfen einen Zirkel zu reiten, und rund um das Viereck standen Pferde und Ponys in allen Größen, die von ihren Reiterinnen geputzt oder aufgezäumt wurden.
Julia entdeckte Svea und Carolin vor der Anmeldung

inmitten einer Gruppe von acht etwa gleichaltrigen Mädchen. Den Gesichtern nach zu urteilen schienen die beiden gerade zu berichten, was sie am Sonntag erlebt hatten.
Julia schmunzelte. Dass die Freundschaft zwischen ihr und Spikey auf einem so kleinen Reiterhof Aufsehen erregte, war verständlich. Trotzdem war es ihr unangenehm und sie hoffte, dass sich das allgemeine Interesse daran bald legen würde.
Sie stellte ihr Mountainbike zu den anderen Fahrrädern und machte sich auf den Weg zur Sattelkammer. Doch so weit kam sie nicht.
»Da ist sie ja! Hey, Julia!« Svea winkte ihr aufgeregt zu und bedeutete ihr herüberzukommen.
Julia seufzte. Am liebsten hätte sie sich unsichtbar gemacht. Nach kurzem Zögern kam sie Sveas Aufforderung nach und trat zu der Gruppe, die sie sofort mit Fragen bestürmte.
Es dauerte eine Viertelstunde, bis sie die Neugier der Mädchen so weit gestillt hatte, dass sie endlich in die Sattelkammer gehen konnte. Allerdings nicht allein. Alle, die nicht mit dringenden Aufgaben beschäftigt waren, wollten es sich auf keinen Fall entgehen lassen, wie die Neue Spikey aufzäumte und ritt.
Als Julia die Kammer mit dem Sattel im Arm verließ, war die Gruppe der Neugierigen auf etwa fünfzehn angewachsen, und es stand zu befürchten, dass noch einige dazukamen.
»Hoffentlich ist das jetzt nicht jeden Tag so«, flüsterte sie Carolin zu, die mit Spikeys Putzkasten und Trense neben ihr herging.

»Wohl kaum.« Carolin lachte. »Aber heute musst du da wohl durch.«
Wie eine Prinzessin mit ihrem Hofstaat näherte sich Julia der Hauskoppel. Spikey stand schon am Tor und schien auf sie zu warten.
Julia, Carolin und Svea gingen zu ihm, während alle anderen hinter dem Zaun zurückblieben. Nach einer kurzen Fell- und Hufpflege war es dann so weit. Sattel, Trense und Martingal konnten angelegt werden. Noch einmal den Sattel nachgurten und Spikey war fertig für den Ausritt.
»Wo sind Derry und Yasmin?«, fragte Julia ihre Freundinnen, als sie in den Sattel stieg.
»Die stehen fertig aufgezäumt am Viereck und warten ungeduldig darauf, dass es endlich losgeht«, erwiderte Carolin und ging zum Tor.
»Hallo, Julia!« Noch bevor Carolin das Tor ganz geöffnet hatte, tönte Anitas Stimme über die Köpfe der Umstehenden hinweg.
Alle drehten sich um.
»Hey, macht mal Platz da!« Die Gruppe vor dem Tor teilte sich und Anita lenkte ihre White Lady langsam hindurch.
Leises Gemurmel erfüllte die Luft, als die Mädchen ihre Köpfe zusammensteckten und hinter vorgehaltener Hand zu tuscheln begannen.
»Du hast mich gestern ganz schön an der Nase herumgeführt!« Anita brachte ihre Schimmelstute vor Julia und Spikey zum Stehen. »Gibst dich einfach als Anfängerin aus.« In Anitas Gesicht arbeitete es. Sie war so aufgebracht, dass es ihr kaum gelang, ihren

Ärger zu verbergen. Mit Absicht sprach sie so laut, dass es alle hören mussten.

»Nicht ich, sondern du hast gesagt, dass ich eine Anfängerin bin«, meinte Julia ruhig. »Ich habe dir nur nicht widersprochen.« Sie sah, wie Anita schluckte, und konnte sich ein Lächeln schwer verkneifen. Dieser Punkt ging an sie.

»Dann ist es wohl auch die Wahrheit, dass du kein eigenes Pferd besitzt, wie?«, fragte Anita lauernd.

»Ja.« Was sollte diese Frage?

»Ist doch komisch«, hörte sie Anita sagen. »Der arme kleine Spikey vermisst Susanna so unsäglich, dass er nicht mehr fressen will. Und ein paar Tage später kommst du und reitest ihn, oh Wunder, wie selbstverständlich. Dabei hat er dich angeblich nie zuvor gesehen.«

»Worauf willst du eigentlich hinaus, Anita?«, fragte Carolin. Sie hatte das Tor vorsorglich wieder geschlossen und war neben Julia getreten.

»Das kann ich dir sagen.« In Anitas Augen blitzte es gefährlich. Sie drehte sich im Sattel um und rief den Mädchen am Tor zu: »Wisst ihr, was ich glaube?«

Natürlich erhielt sie keine Antwort. Aber alle lauschten gespannt, wie es weitergehen würde.

»Ich glaube«, trumpfte Anita auf, »dass das alles ein ausgeklügelter Plan von Julia und Susanna ist, damit sie hier kostenlos reiten kann, solange Susanna fort ist.«

»Du spinnst total.« Carolin tippte sich an die Stirn. »Das ist doch völlig aus der Luft gegriffen!« Sie wollte etwas hinzufügen, doch Julia hielt sie zurück.

»Wie kommst du denn darauf?«, wandte sie sich seelenruhig an Anita.
»Zum Beispiel, weil ich weiß, dass deine Familie viel zu arm ist, um ein Pferd zu unterhalten«, sagte diese von oben herab. »Nicht mal eine Reitbeteiligung könnt ihr euch leisten.«
»Das ist nicht wahr, und du weißt es auch«, entgegnete Julia. »Ich kann mich übrigens nicht erinnern, dass wir darüber gesprochen hätten.« Anitas aufgeblasenes Verhalten ärgerte Julia, doch das wollte sie sich auf keinen Fall anmerken lassen.
»Doch, es stimmt! Du hast es nicht gesagt, aber dein Vater.«
»Zu dir etwa?«
»Nein, zu Frau Deller.« Anita lächelte boshaft. »Ich kann es gerne wiederholen, wenn du möchtest.«
»Du bist echt gemein, Anita!« Svea konnte sich nicht länger beherrschen. »Hinter allen spionierst du her. Du hast keine Ahnung, wie froh Frau Meinert war, dass sie endlich jemanden für Spikey gefunden hat. Und Julia reitet gar nicht umsonst. Du bist ja nur neidisch, weil sie ...«
»Warte mal, Svea«, fiel Julia ihrer Freundin ins Wort. »Okay, es stimmt«, gab sie zu. »Ein eigenes Pferd ist bei uns nicht drin, da hast du Recht, aber ...«
»... deshalb hast du das Ganze vor eurem Umzug mit Susanna geplant, nicht wahr? Und alles nur, damit Susannas arme Freundin aus Süddeutschland mal richtig reiten darf.« Vor Aufregung hatte Anita rote Wangen. »Gib es zu, Spikey kennt dich schon lange. Ich weiß, dass Susanna ihn im vergangenen Sommer

in Süddeutschland gekauft hat. Du kommst hier an, tust, als wüsstest du von nichts, und das fremde Mädchen kann den armen Spikey reiten, und ...«, Anita redete sich in Rage, »... dann brauchtest du nur Frau Deller anzubieten, dass du dich um das Pony kümmerst, bis Susanna wieder da ist, und schon sind dir die kostenlosen Reitstunden sicher. Frau Meinert bezahlt schließlich alles.«

»Du hast sie ja nicht alle!« Carolin ballte die Fäuste. »Die Reitbeteiligung ist nicht kostenlos! Weißt du eigentlich, was für einen Müll du redest? Du hast nur Angst, dass dir jemand deinen Ruf als beste Reiterin der Danauer Mühle streitig machen könnte, weil Spikey sich vorgestern nicht mal ein Halfter von dir hat anlegen lassen.«

»Müll, wie?« Anita lachte abfällig. »Das musst du natürlich sagen. Du und Svea, ihr habt diese Schmarotzerin hier angeschleppt, habt ihr sozusagen die Tür geöffnet, damit sie sich auf unsere Kosten ein schönes Leben machen kann.«

»Lass gut sein, Anita!« Julia ging auf die Beleidigungen gar nicht ein. »Das führt doch zu nichts.«

»So, du meinst wohl, du hast es nicht nötig, wie?«, tönte Anita hochmütig. »Die ach so erfahrene Reiterin ... Wahrscheinlich gibt es eh nichts mehr, was du lernen musst. Du denkst, dass du schon alles kannst, und das natürlich besser als wir alle zusammen. Aber da hast du dich geschnitten. Meiner White Lady wirst du mit deinem albernen Pony niemals das Wasser reichen können.«

»Was die Dressur angeht, hast du sicher Recht«, gab

Julia zu. »Ich glaube auch nicht, dass es Spikey gefallen würde, sich wie ein albernes Zirkuspferd vorführen zu lassen.« Allmählich hatte Julia die Nase voll. Sie wusste, dass ihre Worte Anita nur noch mehr auf die Palme bringen würden, doch das war ihr jetzt egal.

»Meine White Lady ist kein albernes Zirkuspferd«, schnappte Anita wütend. »Zugegeben, sie ist nicht mehr ganz jung, aber immer noch die Beste. Sie könnte mühelos jeden Wettkampf gewinnen, egal ob Dressur, Parcours oder Military. Sie könnte sogar ...« Anita verstummte, weil Svea unüberhörbar kicherte. »Du glaubst mir wohl nicht?«, giftete sie das Mädchen an. »Dann pass mal gut auf!« Anita lenkte White Lady den Hügel hinauf und wendete die Stute elegant. »Macht das Tor frei!«, befahl sie, während sie White Lady noch ein ganzes Stück zurücktreten ließ.

Die Zahl derjenigen, die den Streit vom Zaun aus beobachteten, war inzwischen auf etwa fünfundzwanzig angewachsen. Wortlos traten sie vor dem Tor auseinander. Alles Getuschel verstummte. Es wurde so still, dass man das Plätschern des Baches hinter dem Hügel hören konnte. Mit angehaltenem Atem verfolgten sie, wie Anita ihre White Lady antraben ließ und in einen mittleren Galopp überging. Eine knappe Länge vor dem Tor setzte die Schimmelstute zu einem gewagten Sprung an. Die Vorderhufe dicht an den Körper gezogen überwand sie das Hindernis mit fast spielerischer Leichtigkeit. Dabei bewegte sie sich so anmutig und elegant, wie man es

von einem Turnierpferd erwartete. Auch die Landung war perfekt.
Ein Raunen ging durch die Zuschauer. Einige klatschten respektvoll Beifall. Immerhin war das Hindernis fast eineinhalb Meter hoch. Die meisten der Mädchen hätten es Anita nicht zugetraut, dass sie den Sprung wagen würde, weil es auf der Danauer Mühle streng verboten war, die Zäune der Koppeln zu überspringen.
»Du kannst von Glück sagen, dass Frau Deller gerade Reitstunden gibt und den Sprung nicht gesehen hat!«, rief Carolin Anita zu. »Macht aber nichts. Da es so viele gesehen haben, wird sie es bald erfahren.«
Anita tat, als hätte sie Carolins Worte nicht gehört. »Na komm!«, rief sie Julia zu. »Worauf wartest du? Du bist dran. Zeig mal, was dein Gaul kann!«
Aus den Augenwinkeln bemerkte Julia Sveas Blicke, die ängstlich zwischen dem Tor und Spikey hin und her pendelten. Auch Carolin wirkte verunsichert. Aber Julia hatte überhaupt nicht vor zu springen. Wozu auch? »Ich habe es nicht nötig, dir etwas zu beweisen«, antwortete sie gelassen, worauf sie von Anita nur höhnisches Gelächter erntete.
»Oh, nein, natürlich nicht. Weil du den Sprung sowieso nie schaffen würdest.«
Julia holte tief Luft. »Hör zu, Anita!«, rief sie. »Du kannst streiten, mit wem du willst – aber nicht mit mir! Solche Mutproben führen doch zu nichts. Mir reicht es jedenfalls zu wissen, dass Spikey den Sprung schaffen könnte, wenn er müsste. Zwingen werde ich ihn dazu nicht.«

»Du bist nur zu feige! Gib es zu.« Anita sprühte nur so vor Angriffslust. Dass die Neue nicht springen wollte, war Balsam für ihr Selbstbewusstsein.
Julia reagierte nicht. Obwohl sie vor Wut kochte, blieb sie nach außen gelassen. Sie würde Anita keinen Grund liefern, sie weiterhin anzugreifen.
Doch das brauchte sie auch gar nicht. Im Paradeschritt lenkte Anita White Lady wieder auf das Tor zu. »Dann bist du also eine feige Schmarotzerin«, stellte sie mit einem selbstgefälligen Lächeln fest. »Ich werde schon herauskriegen, wie du das mit Spikey gedreht hast, verlass dich drauf.« Mit einem leichten Schenkeldruck ließ sie ihre Stute auf der Vorhand wenden und verschwand hinter dem Ponystall.
»Was ist denn mit der los?« Carolin schüttelte verwundert den Kopf. »Ich bin einiges von Anita gewohnt, aber so wütend und arrogant habe ich sie noch nie erlebt.«
»Die ist bestimmt nur neidisch«, meinte Svea. »Du weißt ja, dass das Fräulein keine gute Figur gemacht hat, als sie und Katja vorgestern versucht haben Spikey einzufangen und in den Stall zu bringen.«
»Ähm, wollten wir nicht reiten?« Julia tat, als hätte sie den Vorfall schon wieder vergessen.
Insgeheim nahm sie sich aber vor, Anita aus dem Weg zu gehen, soweit das auf einem so kleinen Reiterhof überhaupt möglich war.

Begegnung im Wald

Keine fünf Minuten später waren die drei unterwegs. Carolin ritt auf Derry voraus, gefolgt von Svea mit Yasmin. Julia bildete mit Spikey den Schluss.
»Wir nehmen den Rundweg durch den Danauer Forst!«, rief Carolin den anderen zu, als sie das Reiterhofgelände verließen und im Schritt auf die staubige Straße einschwenkten.
»Kommen wir an Neu Horsterfelde vorbei?«, fragte Julia von hinten.
»Eigentlich nicht. Das wäre ein ziemlicher Umweg«, antwortete Carolin.
»Macht nichts«, erwiderte Julia, die sich entschlossen hatte, die Auswahl der Strecke ganz Svea und Carolin zu überlassen. »Meine Mutter kann sich Spikey ein anderes Mal ansehen.«
Sie verließen die Straße über einen schmalen Trampelpfad, der sich am Rande eines Maisfeldes entlangschlängelte. Unzählige von der Sonne gehärtete Hufabdrucke zeugten davon, dass er häufig von Reitern benutzt wurde. Schließlich erreichten sie das Ende des Feldes und folgten dem Verlauf des Pfades in einen lichten Buchenwald hinein.
»Hier beginnt der Danauer Forst«, erklärte Svea. »Wenn es so heiß ist wie heute, reiten wir hier am liebsten.«
Julia nickte. Zwischen den hohen Stämmen der Bu-

chen war es angenehm kühl. Das dichte Blätterdach spendete wohltuenden Schatten und der Boden war mit einer dicken, weichen Blätterschicht bedeckt, die die eisenbeschlagenen Hufe der Pferde nahezu lautlos auftreten ließ.

Plötzlich fühlte sich Julia nach Auerbach zurückversetzt. Die Wälder rund um den Auerbach-Hof, in denen sie so oft mit Chenna ausgeritten war, waren dem Danauer Forst zum Verwechseln ähnlich. Auch der Geruch und die Geräusche erinnerten Julia schmerzlich an ihr früheres Zuhause – und an Chenna. Ihr schlechtes Gewissen holte sie ein, und ihre Gedanken kreisten um die ungeklärte Frage, ob es Chenna wirklich gut ging.

»... kommen wir vielleicht später noch hin.« Julia war so mit sich selbst beschäftigt gewesen, dass sie gar nicht mitbekommen hatte, was Svea ihr erzählte.

»Jetzt zeigen wir dir erst einmal unseren ganz persönlichen Springgarten.« Svea schien nicht zu bemerken, das Julia ihr nicht zugehört hatte. Sie deutete auf eine große, sonnenbeschienene Lichtung, die sich nur wenige Meter vor ihnen mitten im Wald erstreckte. »Hier hat es vor zwei Jahren bei einem Sturm einen gewaltigen Windbruch gegeben«, erklärte sie. »Die Forstarbeiter haben die noch brauchbaren Stämme herausgezogen, aber viele haben sie einfach liegen lassen. Carolin und ich kommen oft hierher, um ungestört springen zu üben.« Sie lenkte Yasmin neben Carolin und Derry, die am Rande der Lichtung auf sie warteten.

Carolin deutete auf die vier unterschiedlich hohen

Hindernisse. »Die beiden kleineren, die aussehen wie ein Koppelrick, schaffen wir schon ganz locker«, meinte sie. »Wir üben jetzt an dem dritten, das ist etwas höher. An das vierte Hindernis werden wir uns wohl erst im nächsten Sommer herantrauen – wenn überhaupt. Na? Wollen wir?« Sie schnalzte mit der Zunge und ließ Derry antraben. Nacheinander übersprangen sie und Svea ein paarmal die ersten beiden Hindernisse. Julia mit Spikey gesellte sich dazu, um mitzuspringen.

Dann versuchten sich Svea und Carolin an dem dritten Hindernis. Derry benötigte dafür etwas mehr Anlauf als Yasmin, doch auch er überwand das Hindernis. Julia beschränkte sich derweil aufs Zuschauen. Sie kannte Spikey ja noch nicht sehr gut und wollte das dritte Hindernis lieber nicht springen.

Nach einer halben Stunde legten die Mädchen eine Pause ein. Sie banden ihre Ponys an die Äste junger Buchen, die hier überall wuchsen, und ließen sie grasen, während sie sich im kühlen Schatten eines hohen Baumes ausruhten.

»Sagt mal, was war heute Morgen eigentlich mit Anita los?«, fragte Svea, die mit geschlossenen Augen auf dem warmen Waldboden lag und an einem langen Grashalm kaute.

»Ach, die.« Carolin machte eine abfällige Handbewegung. »Du weißt doch, dass sie glaubt, von allen Mädchen des Reiterhofs am besten mit Pferden umgehen zu können. Die hat bestimmt Angst, dass Julia besser sein könnte als sie.«

»So ein Quatsch, wie kommt sie denn darauf?« Svea

spuckte den Grashalm aus und setzte sich auf. »Etwa wegen Spikey? Weil er vorgestern über Nacht auf der Koppel bleiben musste, da sie und Katja ihn nicht einfangen konnten?«

»Vermutlich.« Carolin grinste schadenfroh. »Anita soll danach ziemlich sauer gewesen sein. Ist aber auch echt peinlich, wie die sich bei Frau Deller angeboten hat ...« Sie wechselte in eine übertrieben schrille Tonlage und äffte Anitas Stimme nach. »Lassen Sie mich das nur machen, Frau Deller. Sie wissen doch, dass ich eine besonders gute Hand im Umgang mit Pferden habe. Sie können ganz beruhigt sein, es ist überhaupt kein Problem für mich, Spikey in den Stall zu bringen.« Carolin gluckste und sprach nun wieder normal weiter. »Peinlich, peinlich, kann ich euch sagen. Und diese Blamage – vor allen Augen! Es war ja noch richtig was los. Die haben das natürlich alle mitgekriegt.«

Nun musste auch Svea lachen. »Sag mal, ärgerst du dich eigentlich gar nicht über Anita?«, wandte sie sich an Julia, die schweigend zugehört hatte. »Schließlich hat sie dich mit ihren Lügen ziemlich heftig und unfair angegriffen.«

»Klar ärgert mich das«, entgegnete Julia. »Aber ich möchte nicht gleich an meinem ersten Tag Streit mit jemandem haben.« Sie blickte liebevoll zu Spikey hinüber, der genüsslich das saftige Gras aus dem weichen Boden rupfte. »Außerdem bin ich heute viel zu glücklich, um mich zu ärgern.«

»Hätte bloß noch gefehlt, dass Anita mit ihrem neuen Superpferd angibt«, meinte Carolin.

»Sie hat ein neues Pferd?« Erstaunt zog Svea die Augenbrauen in die Höhe. »Davon wusste ich gar nichts!«
»Echt nicht?« Carolin war ehrlich überrascht. »Dabei lässt sie sich seit Tagen keine Gelegenheit entgehen, es jedem auf die Nase zu binden. Eigentlich redet sie kaum noch von etwas anderem. Ich glaube, wenn ihre White Lady sie verstehen könnte, wäre sie ganz schön geknickt.«
»Was ist das denn für ein Pferd?« Svea war neugierig geworden.
»Soweit ich weiß, ein ganz junges. Es soll auch enorm teuer gewesen sein und von ganz edler Herkunft. Jedenfalls behauptet Anita, damit einmal jeden Preis gewinnen zu können, wenn es nur erst richtig trainiert ist. Den passenden Trainer hat sie scheinbar gleich dazubekommen.«
»Tja, als eine von der Heyde kann man sich so was eben leisten.« Svea seufzte ergeben. »Schließlich wissen wir alle, wie viel ihrem neureichen Vater daran liegt, dass aus seinem verzogenen Töchterchen einmal eine berühmte Reiterin wird.« Lachend stieß sie Julia mit dem Ellenbogen an. »Hey, Julia, du sagst ja gar nichts.«
Julia hatte den beiden tatsächlich nicht zugehört. Aufmerksam fixierte sie einen Punkt im schattigen Wald unmittelbar hinter Spikey.
»Julia! Du träumst ...«
»Schscht, sei mal leise, dahinten war was.« Julia flüsterte fast. Ohne das Unterholz hinter Spikey aus den Augen zu lassen, deutete sie in die Richtung.

»Wo?«
»Da, hinter Spikey. Da hat sich eben was bewegt.«
»Huhu, was Großes oder was Kleines?«, witzelte Carolin lachend und rutschte zähneklappernd näher an die beiden anderen heran. »Bitte, beschützt mich! Ich fürchte mich so!«
»Carolin, also wirklich! In diesem Wald gibt es nichts, aber auch gar nichts, vor dem du dich fürchten müsstest!«, belehrte Svea ihre Freundin in mütterlichem Tonfall und kicherte. »Ich reite hier schon, solange ich denken kann, und habe nie etwas Unheimliches gesehen. Das hier ist ein stinknormaler Forstwald.«
Jetzt lachten beide.
»Wollen wir nicht weiterreiten?« Julia ärgerte sich ein wenig darüber, dass Svea und Carolin so albern waren. Sie hatte etwas gesehen! Da war sie ganz sicher. Einen Schatten, der aussah wie ein Pferd mit Reiter. Aber der Moment war zu kurz gewesen. Kaum, dass sich ihre Augen auf die Entfernung eingestellt hatten, war es wieder verschwunden.
Es will nicht entdeckt werden, schoss es ihr durch den Kopf. – Blödsinn!, war ihr nächster Gedanke. Vati hat Recht. Ich lese entschieden zu viele Gruselgeschichten. Es ist bestimmt, wie Svea gesagt hat: Da ist absolut nichts.
Trotzdem konnte sie es sich nicht verkneifen, ab und zu einen prüfenden Blick in das Unterholz zu werfen, während sie zu Spikey ging, ihn losband und sich in den Sattel schwang. Spikey schnaubte nervös und scharrte mit dem Vorderhuf. Hatte er vielleicht

auch etwas bemerkt? Und plötzlich, ohne dass sie sagen konnte warum, hatte Julia wieder das Gefühl, aus dem Wald heraus beobachtet zu werden. Ein eisiger Schauer lief ihr den Rücken hinab und ließ sie frösteln.

Oh Mann, reiß dich zusammen, Julia!, schalt sie sich in Gedanken. Deine Fantasie geht mal wieder mit dir durch. Vorsichtshalber kniff sie sich in den Arm und blickte zum Himmel hinauf, um das beklemmende Gefühl abzuschütteln. Doch was sie auch tat, es wollte nicht weichen. Sie meinte heimliche Blicke zu spüren, die sie aus dem Wald heraus aufmerksam beobachteten. Julia fuhr sich mit der Hand über die Augen. Litt sie unter Verfolgungswahn? Sie versuchte an etwas anderes zu denken, doch es gelang ihr nicht.

Selbst als sie sich längst wieder mit Svea und Carolin auf dem Rundweg durch den Danauer Forst befand, spürte sie es noch. Julia starrte in die Schatten zwischen den Bäumen und horchte – entdecken konnte sie aber nichts.

»Ganz ruhig, Gohin.« Mailin beugte sich nach vorn, um ihrem Pferd die Worte zuzuflüstern. Sie hatte die drei Reiterinnen zufällig im Wald entdeckt und war ihnen bis zur Lichtung gefolgt. Dort hatte sie beobachtet, wie sie mit ihren Ponys über die Hindernisse sprangen. Sie war schon entschlossen weiterzureiten, als sich die Gespräche der Mädchen plötzlich einem Thema zuwandten, das sie interessierte. Irgendjemand, den die drei kannten, hatte vor kurzem ein junges Pferd bekommen, vom dem es hieß, es sei etwas ganz Besonderes. Shadow? Mailin klopfte das Herz vor Aufregung bis zum Hals. Sie durfte die Reiterinnen auf keinen Fall aus den Augen verlieren. Es war zwar eine vage Spur, aber die einzige, die sie hatte. Sie musste vorsichtig sein. Das Mädchen auf dem gescheckten Pony schien sie bemerkt zu haben. Schon auf der Lichtung hatte es immerzu in ihre Richtung gestarrt und es ihr unmöglich gemacht, näher an die drei heranzukommen. Und auch jetzt blieb sie aufmerksam. Während ihre beiden Freundinnen herumalberten oder sich unterhielten, warf das Mädchen prüfende Blicke in alle Richtungen, als könnte sie Mailins Anwesenheit spüren. Vorsichtshalber ließ das Elfenmädchen Gohin anhalten, um einen größeren Abstand zu den Reiterinnen zu bekommen. Doch wollte sie nicht den Anschluss an die Gruppe verlieren.

Eine Stunde später verließen die Mädchen den Wald und bogen auf einen ausgetretenen Schotterweg ein, der sich hinter einer breiten Koppel am Waldrand entlangschlängelte. Mailin, die ihre Deckung nicht verlassen konnte, sah sich gezwungen, den dreien im Schutz des Waldes zu folgen. Das erwies sich jedoch als überaus schwierig, denn dort gab es eine Menge Gestrüpp und Unterholz, sodass ein Fortkommen fast unmöglich war.

Irgendwie schaffte sie es trotzdem eine Zeit lang, die Mädchen nicht aus den Augen zu verlieren. Doch als Mailin nach einem besonders langen Abstecher in den Wald endlich wieder einen freien Blick auf den Schotterweg hatte, der nun auf einer kleinen Anhöhe verlief, waren die drei verschwunden.

Mailin überlegte kurz, stieg vom Pferd und bedeutete Gohin auf sie zu warten. Die Deckung einer niedrigen Hecken ausnutzend, huschte sie über die Wiese zu der Kuppe hinauf, auf der die Mädchen entlanggeritten waren.

Oben angekommen duckte sie sich hinter einen Haselstrauch und spähte auf die andere Seite. Was sie dort erblickte, glich haargenau dem Bild, das sie in Enids Kupferschale gesehen hatte. Mailin erkannte die Gruppe von Häusern und die ausgedehnten Weiden mit den Pferden sofort wieder – und die drei Mädchen ritten genau darauf zu!

Mailin lächelte grimmig. Irgendwo ganz in der Nähe musste Shadow sein. Sobald es dunkel war und die Menschen schliefen, würde sie sich dort unten genauer umsehen.

Eine halbe Stunde nach ihrem Ausritt waren Derry, Spikey und Yasmin fertig geputzt und gewaschen und erfreuten sich wieder am saftigen Gras der Hauskoppel.

Die Mädchen hatten noch keinen Feierabend. Kaum hatten sie ihre Ponys auf die Hauskoppel geführt, wurden sie zu Frau Deller ins Büro gerufen.

»Na, ihr drei«, begrüßte sie die Mädchen. »Wie ist es gelaufen?«

»Gut.« Carolin pustete sich eine widerspenstige Locke aus der Stirn.

»Prima, wie immer«, bestätigte Svea.

»Und mit dir und Spikey?«, erkundigte sich Frau Deller bei Julia.

»Klasse, ich hatte keine Probleme«, antwortet Julia wahrheitsgemäß. »Spikey ist ein Superpony.«

»Ich hoffe, dass hast du ihm auch gesagt!« Frau Deller schmunzelte und wechselte das Thema. »Hört mal«, wandte sie sich an Svea und Carolin. »Heute steht noch ein Sattelkammerdienst auf meinem Plan, für den ich niemanden habe. Wie wäre es mit euch? Dafür bräuchtet ihr die Ausrittstunden von heute nicht zu bezahlen.«

»Also, ich hab nichts dagegen«, meinte Svea sofort, die sich über jede kostenlose Reitstunde freute.

»Ich auch nicht«, schloss sich Carolin an. »Und Zeit habe ich genug.«

»Ich helfe euch.« Julia, die ohnehin keine Lust hatte, schon nach Hause zu fahren, freute sich, noch Zeit mit ihren Freundinnen verbringen zu können.
»Na, dann ist ja alles klar.« Frau Deller zog einen langen Bartschlüssel aus der Schublade und reichte ihn Carolin. »Im Schuppen neben der Sattelkammer liegt jede Menge ausgedientes Geschirr und auch ein paar ausgemusterte Sättel. Ihr könnt nachsehen, ob etwas Brauchbares für unsere Ponys dabei ist. Der Rest kommt auf den Müll.«
»Geht klar!« Carolin nahm den Schlüssel und ging zur Tür. Das war ein leicht verdienter Ausritt. Wenn sie sich beeilten, waren sie sicher in einer halben Stunde fertig.
Ganz so schnell ging es dann doch nicht. Der Berg von alten Ausbindern, Trensen, Halftern und Sätteln war größer, als die Mädchen erwartet hatten. Und alles musste entwirrt und begutachtet waren.
»Puh, ist der staubig!« Umständlich bearbeitete Carolin einen Sattel mit dem Handfeger.
Svea musste niesen. »Igitt, lass das!«, schniefte sie. »Siehst du nicht, dass er unten total zerrissen ist?«
»Stimmt.« Carolin legte den Handfeger zur Seite, um nicht noch mehr Staub aufzuwirbeln. »Der kann getrost auf den Müll.« Sie deutete zu dem wackeligen Tisch an der Wand. »Bleibt nur der Sattel auf dem Tisch. Reichst du ihn mir rüber, Julia?«
»Na klar.« Julia, die gerade in einem hoffnungslos verworrenen Knäuel aus Lederriemen gewühlt hatte, sprang auf. Sie musste beide Arme unter den schweren Ledersattel schieben, um ihn vom Tisch zu be-

kommen. »Mann, ist der aber schwer!«, stöhnte sie. »Kann mir schon denken, warum sie den ausgemustert haben.«

»Ist eben noch echte Qualitätsarbeit.« Carolin, die sich für Derry extra einen leichten Sattel ausgesucht hatte, grinste. »Dickes, strapazierfähiges Leder, garantiert unzerstörbar.«

»Was man von dem Tennisschläger hier nicht behaupten kann.« Mit gerümpfter Nase zog Svea das unansehnliche, flache Kissen mit zwei Fingern unter dem Sattel hervor. Der braune Kordbezug des runden Kissens, das mit seinem stielförmigen Ausläufer tatsächlich Ähnlichkeit mit einem Tennisschläger besaß, war an den Nähten aufgerissen. Grauer Schaumstoff, der früher vermutlich gelb gewesen war, quoll hervor und bröselte zu Boden.

»Also, das Kissen kann auf jeden Fall weg«, stellte Carolin fest. »Aber der Sattel ist noch gut.«

»Ist er denn auch wirklich heil?«, fragte Julia, die gerade vergeblich versuchte, die steinharten Lederriemen einer uralten Trense zu öffnen, um eine neuere aus dem Knäuel zu befreien.

»Wie ich schon sagte: dickes und strapazierfähiges Leder, garantiert unzerstörbar«, wiederholte Carolin lachend und nickte dann. »Also, soweit ich sehen kann, ist mit dem Sattel alles in Ordnung. Er muss natürlich mal ordentlich geputzt und gefettet werden, aber wenn er einen neuen Tennisschläger bekommt, sieht er prima aus.«

»Na, das ist doch ein Anfang.« Svea beugte sich zu Julia hinüber. »Hast du etwas Heiles gefunden?«

»Nur zwei Ausbinder.« Julia reichte sie Carolin. »Ich denke, die sind ganz brauchbar. Leg sie bitte zu dem Sattel. Aber das hier ...« Entnervt hielt sie das heillose Durcheinander von Trensen in die Höhe. »... das schaffe ich nie.«
»Warte, ich helfe dir.« Sofort war Carolin an ihrer Seite. »Man soll niemals nie sagen.« Sie zog ein einsames Gebiss, an dem nur noch einige zerrissene Lederriemen baumelten, aus dem Haufen hervor. »Na, so etwas braucht jedenfalls niemand mehr.«
»Hey, hier steht ein kompletter Putzkasten!«, jubelte Svea, die in den Regalen neben der Tür herumstöberte. Vorsichtig zog sie ihn heraus und betrachtete ihn von allen Seiten. »Twister!«, murmelte sie nachdenklich. »War das nicht das schwarz-weiße Pferd, das im letzten Herbst jämmerlich an einer Kolik gestorben ist?«
»Ja«, bestätigte Carolin. »Die Frau wollte danach kein Pferd mehr haben.«
»Dann werde ich mal lieber den Aufkleber mit dem Namen abmachen, sonst denken alle, den Putzkasten zu bekommen sei ein schlechtes Omen.« Svea begann die Stirnseite des Putzkastens mit einem Hufauskratzer zu bearbeiten.
»Ich habe eine heile.« Triumphierend zog Carolin eine komplette Trense aus dem wüsten Haufen.
»Wie hast du denn das gemacht?« Julia staunte. »Ich glaube, ich hätte hier noch bis morgen herumwühlen können, ohne etwas zu finden. Apropos morgen, wollen wir wieder ausreiten? Das Wetter soll schön bleiben.«

»Ich würde schon gern, aber ich kann leider nicht.« Svea schüttelte bedauernd den Kopf. »Meine Omi hat morgen Geburtstag.« Sie verdrehte die Augen und machte ein wichtiges Gesicht. »Große Familienparty!«
»Du Ärmste!« Julia lachte. »Und was hast du vor, Carolin?«
Carolin legte die Stirn in Falten und dachte nach. »Da war doch was, da war doch was ...?«, murmelte sie. »Ach ja, richtig. Meine Mutter wollte morgen mit mir nach Zwissau fahren. Ich brauche dringend eine neue Reithose. Tut mir Leid, Julia. Morgen nicht. Aber übermorgen gern.«
»Ja, übermorgen kann ich auch«, meinte Svea. »Ich hoffe, du bist uns nicht böse, Julia. Mit einem Pflegepony darfst du ja auch allein ausreiten. Im Gegensatz zu uns. Mit den Reitschulponys ist uns das nur zu zweit erlaubt.«
»Quatsch, ich bin euch doch nicht böse«, antwortete Julia. »Übermorgen ist auch gut. Mal sehen, wenn ich es gar nicht aushalte, reite ich morgen vielleicht ein kleines Stück allein.«
»Hu, grrr!« Carolin zog eine Grimasse. »Nimm dich bloß in Acht vor gefährlichen Waldmonstern.«
»Ja, Mama!« Julia grinste.
Sie verabredeten sich also für den übernächsten Morgen. Dann sammelten sie die wenigen brauchbaren Sachen ein, die sie gefunden hatten, um sie Frau Deller zu bringen, und machten sich anschließend auf den Heimweg.

In der darauf folgenden Nacht wurde der Mond von hohen Wolken verdeckt. Die trockene, klare Luft der vergangenen Stunden war von feuchterer abgelöst worden, die in der herrschenden Windstille zähe, dichte Nebel über den Weiden der Danauer Mühle aufkommen ließ. Es war genau das Wetter, das Mailin brauchte.

Als die Lichter in den Häusern, die sie vom Waldrand aus sehen konnte, erloschen, machte sie sich mit Gohin auf den Weg. So geräuschlos, wie es nur Elfenpferde vermochten, überquerte der Schimmel die Wiese am Waldrand und betrat den Schotterweg, den die drei Mädchen am Mittag geritten waren. Seine Hufe berührten die losen Steine im Sand, aber selbst hier verursachten sie nicht das geringste Geräusch. Voller Zuneigung klopfte Mailin ihrem treuen Gefährten den Hals.

»Von nun an liegt es an dir, Gohin«, flüsterte sie. »Enid sagte, dass du mich führen wirst, wenn es dort unten ein Elfenpferd gibt. Ich verlasse mich also vollkommen auf dich.«

Gohin schnaubte leise und bewegte den Kopf leicht auf und ab. Mailin lächelte zufrieden. Sie wusste, dass er verstanden hatte. So wie er immer alles zu verstehen schien und – auch ohne Worte – ein untrügliches Gespür dafür besaß, im rechten Moment das Richtige zu tun.

Das Elfenmädchen verließ die Straße und umging die in unmittelbarer Nähe des Reiterhofs liegenden Häuser, indem sie über die Weiden ritt. Die niedrigen Zäune stellten für Gohin kein nennenswertes Hindernis dar. Im Gegenteil, die vielen Sprünge, die notwendig waren, um den Reiterhof auf diesem Weg zu erreichen, schienen ihm Spaß zu machen.
Wenig später gelangte Mailin zu einer großen Koppel mit niedrigem Gras, auf der gut drei Dutzend Ponys im Nebel dösten. Einige hoben verschlafen die Köpfe, doch die meisten beachteten Mailin kaum. Sie führte Gohin mal hierhin, mal dorthin über die Wiese, in der Hoffnung, dass er eines der Tiere wieder erkennen würde. Der Schimmel schritt gelassen durch die Nebel, aber nicht ein einziges Pony erregte seine Aufmerksamkeit. Bald war klar: Unter diesen Tieren gab es kein Elfenpferd!
Mailin musste es woanders versuchen. Doch auf den anderen Koppeln, wo weitere Pferde und Ponys des Reiterhofs die warme Sommernacht verbrachten, blieb ihre Suche ebenso vergebens.
Mailin seufzte und blickte sich um. Shadow hier zu finden, wäre auch zu einfach gewesen, dachte sie betrübt und überlegte, ob wohl noch Pferde in den Ställen standen. Möglich war es, auch wenn es den Anschein hatte, als wären alle Pferde in dieser lauen Nacht draußen geblieben. Aber Vermutungen brachten sie keinen Schritt weiter. Wenn sie sicher sein wollte, würde ihr nichts anderes übrig bleiben als hinüberzureiten und nachzusehen. Allerdings musste sie sich dafür gefährlich nahe an die Häuser der

Menschen heranwagen. Mit einem sanften Schenkeldruck lenkte sie Gohin zu den Ställen. Der Schimmel reagierte ohne zu zögern. Die Anspannung, die seine Reiterin ergriffen hatte, schien ihn nicht zu berühren. Er wirkte so gelassen, als wäre alles nur ein Spaziergang durch die vertrauten Stallungen am Hof des Elfenkönigs.

Mailin hingegen war so aufgeregt, dass sie glaubte, ihr hämmernder Herzschlag müsse die schlafenden Menschen wecken. Im Geiste sah sie schon in allen Häusern das Licht angehen.

Doch alles blieb ruhig. Gohins Atem stieg in kleinen weißen Wölkchen auf, als sie auf den beleuchteten Hof zwischen den Reithallen und Stallungen ritten. Mailin ließ Gohin anhalten und lauschte. Irgendwo rief einsam ein Käuzchen, aber kein einziges Geräusch deutete darauf hin, dass sich in den Ställen noch Pferde befanden.

Sie seufzte leise. Es hatte keinen Sinn, hier weiter zu suchen. Besser verließen sie den Hof, der ihnen nur wenig Deckung bot, so schnell wie möglich, sonst liefen sie Gefahr entdeckt zu werden.

Mailin schnalzte mit der Zunge, um Gohin zum Umkehren zu bewegen, aber diesmal reagierte der Schimmel nicht. Wie gebannt starrte er in Richtung eines kleinen, reetgedeckten Schuppens, dessen grüne, zweigeteilte Tür fest verschlossenen war.

»»Ist dahinten etwas, Gohin?«, flüsterte Mailin.

Gohin schnaubte. Die Ohren gespitzt und den Blick starr geradeaus gerichtet, näherte er sich langsam dem Schuppen.

»Hoffentlich hast du Recht«, flüsterte Mailin. »Sonst bringst du uns unnötig in Gefahr.«
Sie hatten den Schuppen erreicht. Neugierig schnupperte Gohin am Türspalt. Und plötzlich hörte Mailin, wie es drinnen im Stroh raschelte. Es klang, als würde sich ein Tier von seinem Lager erheben, und dem Geruch nach zu urteilen war das Tier ganz eindeutig ein Pferd.
»Gohin!« Behände sprang Mailin vom Rücken des Hengstes, trat vor die Tür und spähte durch den schmalen Spalt zwischen dem Holz und der Wand. Es gab keinen Zweifel – dort drinnen stand ein Pferd! Den Geräuschen nach war es ein sehr großes Pferd, also gewiss kein Fohlen. Aber was für eines? Irgendetwas musste es mit dem Pferd auf sich haben, sonst hätte es niemals Gohins Interesse wecken können. Während sich Mailin mit einer Hand bemühte, Gohin von der Tür fern zu halten, der seine Nase immer wieder neugierig vorstreckte, versuchte sie mit der anderen, umständlich die obere Hälfte der Tür zu öffnen.
Die Reaktion des Stallpferdes war bemerkenswert: Es verhielt sich vollkommen ruhig. Es zuckte nicht einmal, als der metallene Riegel der Tür mit einem Klacken zurücksprang. Die Tür schwang auf und in dem schwachen Lichtschein, der vom Hofplatz herüberkam, tauchte der Kopf einer herrlichen weißen Stute auf.
Ein Elfenpferd!
Mailin erkannte es auf den ersten Blick. Auch ohne Gohin, der nun Nasenstupser mit der Stute tauschte,

hätte es für sie keinen Zweifel gegeben – in dem Stall stand tatsächlich ein Elfenpferd.
Aber wie kam es hierher? War es womöglich das Pferd, von dem ihr Enid berichtet hatte? Jenes Pferd, von dem die Priesterin glaubte, dass Lavendra es vor vielen Jahren in die Menschenwelt geschickt hatte, und das seither nie wieder gesehen wurde? Aber wenn es hier war, wo war dann Shadow? Hatte die Kupferschale sie vielleicht auf eine falsche Fährte geführt? Wie sollte sie das Fohlen finden, wenn es nicht hier auf dem Hof war? Fragen über Fragen, auf die Mailin keine Antwort wusste. Und während sie Gohin noch ein wenig Zeit ließ, um Zärtlichkeiten mit der Stute auszutauschen, dachte sie darüber nach, wie ihre Suche weitergehen sollte.

Allein unterwegs

Obwohl sich Julia wirklich bemüht hatte, den Morgen ruhig angehen zu lassen, fand sie sich schon um halb elf wieder auf dem Reiterhof ein. Zunächst hatte sie gezögert aufzubrechen. Ohne Svea und Carolin fühlte sie sich auf der Danauer Mühle noch nicht so recht wohl. Aber nachdem sie ihrer Mutter zum dritten Mal im Weg gestanden hatte, weil sie lustlos am Türrahmen zur Küche lehnte, war Anette Wiegand endgültig der Kragen geplatzt. Kurzerhand hatte sie Julia hinausgeworfen, die sich dann doch auf den Weg zum Reiterhof machte.

Unterwegs bemerkte Julia, wie sich ihre Laune mit jedem Meter besserte, den sie sich der Danauer Mühle näherte. Als sie ihr Mountainbike schließlich die buckelige Einfahrt hinunterschob, pfiff sie leise vor sich hin. Ein Tag ohne Pferde, das ging bei ihr eben nicht, und Julia freute sich, dass sich ihre Mutter so energisch durchgesetzt hatte.

Noch bevor sie das Viereck erreichte, hörte sie Anita schimpfen. Sie stand mit Katja vor White Ladys kleinem Privatstall und deutete wütend auf die Tür.

»Wie kann es nur angehen, dass sich hier nachts jemand an den Ställen zu schaffen macht!«, ereiferte sie sich mit hochrotem Kopf. »Wie lange redet mein Vater schon davon, dass sich Frau Deller einen Wachhund zulegen sollte. White Lady hätte tot sein können. Niemand würde es bemerken, wenn sich ein Pferderipper einschleicht. Niemand! Kein Hund bellt und keine Alarmanlage springt an.« Sie hob ihre Arme theatralisch in die Höhe. »Pferdehasser dieser Welt, kommt zur Danauer Mühle! Hier ist der Ort, wo ...«

»Anita!« Katja, die bisher schweigend zugehört hatte, unterbrach nun Anitas erregten Wortschwall. »Beruhige dich! Es ist doch nichts geschehen.«

»Nein, es ist nichts passiert!«, höhnte Anita. »Aber muss denn erst etwas geschehen, bevor Frau Deller für die Sicherheit der ihr anvertrauten Privatpferde sorgt?« Sie lehnte sich mit dem Rücken an die Stalltür und verschränkte die Arme vor der Brust. »Ich will dir mal etwas sagen, Katja«, begann sie. »Dass White Lady noch hier steht, habt ihr allein meiner Mutter zu verdanken. Irgendwie ist die ganz schrecklich sentimental, was den alten Schuppen angeht, weil sie hier auch schon auf White Lady geritten ist. Aber ...«, Anita hob die Stimme und straffte sich, »... mein Moonlight wird niemals hier stehen, dafür ist er viel zu wertvoll. Noch haben wir ihn bei uns zu Hause. Sobald er trainiert werden kann, wird er auf Gut Schleen untergestellt. Dort versteht man wirklich etwas von Pferden.«

»Frau Deller hat dir doch gesagt, dass sie sich nicht erklären kann, wieso die obere Tür der Box heute Morgen offen stand«, erklärte Katja betont ruhig. »Wahrscheinlich wurde sie gestern Abend nur nicht richtig verschlossen.«

»Ach, dann habe ich wohl selbst Schuld, wie?«

»Nein, das glaubt doch keiner, aber ...«
Julia, die an den beiden Reiterinnen vorbeigehen musste, um zur Hauskoppel zu gelangen, konnte sehen, wie Katja innerlich kochte. War ja kein Wunder bei Anitas affektiertem Gehabe. Dass sich die zweite Kraft des Reiterhofes trotzdem bemühte, ruhig zu bleiben, imponierte Julia. Soll Anita mit ihrem Superpferd doch dahin verschwinden, wo der Pfeffer wächst, schoss es ihr durch den Kopf. Unter den Reiterhofmädchen würde es dann sicher um einiges ruhiger zugehen. Irgendwie war ihr der Gedanke an eine Danauer Mühle ohne Anita auf Anhieb sympathisch.
»Hallo!« Julia hatte Mühe sich eine bissige Bemerkung zu verkneifen.
»Hallo, Julia!« Katja lächelte.
»Gut Schleen würde übrigens auch niemals Schmarotzerinnen aufnehmen«, kam mit einem Seitenblick auf Julia die grußlose Antwort von Anita.
Julia überhörte die Anspielung und ging weiter. Wenn Anita glaubte, die Wut an ihr auslassen zu können, hatte sie sich getäuscht. Julia ließ sich von ihr nicht noch einmal in ein so peinliches Streitgespräch wie gestern verwickeln. Sie würde jetzt Spikey holen und im Wald springen üben. Das Wetter war viel zu schön, um nicht zu reiten, und für morgen waren Gewitter angekündigt.
Eine halbe Stunde später stand ihr Pflegepferd fertig gesattelt und aufgezäumt am Viereck und wartete ungeduldig auf Julia, die noch den Putzkasten in die Sattelkammer zurückbringen musste.

»Dann wollen wir mal, Spikey!«, rief sie fröhlich, als sie zurückkam, und schwang sich in den Sattel. Das gescheckte Pony schnaubte leise und wandte sich der steilen Hofausfahrt zu.
Fünfzehn Minuten später gelangten sie an den ausgetretenen Pfad am Rande des Maisfeldes, den Julia mit Carolin und Svea am Vortag entlanggeritten war. Auch diesmal bog Julia dort ein und erreichte bald ihr Ziel – den Springgarten der Freundinnen.
»Was meinst du, Spikey, wollen wir es mal versuchen?« Julia hatte ihn ein ganzes Stück vor dem dritten und zweithöchsten Hindernis anhalten lassen. Im Gegensatz zu Svea und Carolin war Julia gestern ja nur die kleineren Koppelricks gesprungen, weil sie sich mit dem fremden Pony noch nicht an die höheren Sprünge herangetraut hatte.
Heute war sie schon mutiger. Das Springen hatte gestern so reibungslos geklappt, dass sie mit Spikey nun auch das höhere Hindernis versuchen wollte.
Ein leichter Schenkeldruck genügte und er trabte an. Julia verlagerte ihr Gewicht nach vorn und setzte die Hände dicht an den Hals des Ponys.
»Galopp«, flüsterte sie und Spikey reagierte sofort. Das Hindernis kam rasch näher. Erst jetzt fiel Julia auf, dass ihre Steigbügel für einen Sprung viel zu lang eingestellt waren, doch daran ließ sich nun nichts mehr ändern.
Sie richtete sich auf und presste ihre Unterschenkel ganz fest an Spikeys Körper. Sie schob die Hände etwas nach vorn, um zu verhindern, dass sich das Pony beim Aufsetzen durch das Reißen der Zügel ge-

stört fühlte. Schon stieß sich Spikey kräftig mit den Hinterbeinen ab und Julia sah das Hindernis unter sich vorbeiziehen. Die Landung war so weich, dass selbst Julia staunte. Spikey war ja ein echtes Springtalent! Wie die beiden Hindernisse am Vortag hatte er nun auch das dritte mühelos überwunden.
Julia strahlte. Springen war wirklich das Größte. Ein absolut herrliches Gefühl.
Dass Chenna nicht gern sprang, hatte sie in Auerbach immer bedauert, an ihrer Liebe zu dem kleinen Shetlandpony hatte das aber nichts geändert. Ach, Chenna! Julia seufzte. Sie musste unbedingt wissen, ob es Chenna gut ging, und nahm sich ganz fest vor, am Abend endlich in Auerbach anzurufen.
Julia straffte sich und schob die trüben Gedanken zur Seite. Wenn sie sich nicht auf das Springen konzentrierte, würde sie womöglich noch aus dem Sattel fallen. Erneut ließ sie Spikey vor dem dritten Hindernis Aufstellung nehmen. Das Pony schnaubte und tänzelte so unruhig, als könne es den Sprung gar nicht erwarten.
»Los, Spikey!« Julia schnalzte mit der Zunge und das Pony trabte an. Auch der zweite war ein nahezu perfekter Sprung. Beim dritten und vierten Mal war es dann schon fast Routine.
Julia ließ Spikey anhalten, um sich das vierte und höchste Hindernis anzusehen. Es war ein sehr dicker Stamm und ziemlich hoch. Julia war trotzdem sicher, dass Spikey auch dieses Hindernis packen konnte. Sie prägte sich alles noch einmal ganz genau ein, bevor sie das Pony in die richtige Position führte. Wenn

sie gefahrlos über den Stamm springen wollte, brauchte sie einen langen, möglichst geraden Anlauf. Julia lenkte Spikey einige Meter rückwärts in den Wald hinein, bis sie glaubte genügend Abstand zu haben. Das Hindernis fest im Blick verharrte sie einige Sekunden und holte Luft. Jetzt!
Ein leichter Schenkeldruck genügte und der Wald flog an ihnen vorbei wie ein verschwommenes Gemisch aus Licht und Schatten. Unaufhaltsam näherte sich das Hindernis und wurde schnell größer, bis Julia schon die braunen und grünen Flechten auf der Baumrinde erkennen konnte.
Spring, Spikey!, dachte sie – und Spikey sprang.
Julia sah, wie er die Vorderhufe hob und dicht an den Körper zog. Sie fühlte, wie sich seine Muskeln spannten. Mit einem kräftigen Stoß der Hinterbeine erhob er sich in die Lüfte, der dunkle Waldboden blieb unter ihnen zurück und – plötzlich spürte sie nichts mehr.
Als Julia wieder zu sich kam, fühlte sie einen stechenden Schmerz in ihrem rechten Arm und den Geschmack von trockenen Blättern und Erde in ihrem Mund. Sie blinzelte, doch die tanzenden Sterne vor ihren Augen wollten nicht verschwinden.
Etwas raschelte im Laub. Julia erstarrte und lauschte, aber das Geräusch wiederholte sich nicht. Trotzdem war Julia sicher, dass sie nicht allein war.
»Hab keine Angst«, hörte sie ein Mädchen mit freundlicher Stimme sagen. Es sprach einen seltsamen Akzent, den Julia nie zuvor gehört hatte. »Du hast Glück gehabt. Dir ist nichts Ernstes passiert.«

»Und Spikey?« Obwohl sie noch immer nicht richtig sehen konnte, versuchte Julia ihren Kopf in die Richtung zu drehen, wo sie das Pony vermutete.
»Deinem Pferd geht es gut«, erwiderte das Mädchen. »Es hat kaum etwas abbekommen und grast am Rande der Lichtung.«
»Wer bist du? Kommst du auch vom Reiterhof?« Plötzlich hatte Julia schreckliche Angst, dass jemand von ihrem Missgeschick erfahren könnte. Wenn Frau Meinert das herausbekam, würde sie bestimmt denken, dass Spikey bei ihr in schlechten Händen sei, und ihr das Pflegepony wieder wegnehmen.
»Nein, ich bin nicht von dort!«
Julia fiel ein Stein vom Herzen. Umständlich versuchte sie sich aufzurichten, was ihr augenblicklich ein heftiges Schwindelgefühl einbrachte. So blieb sie einfach liegen und rieb sich benommen die Augen. Wenn sie nur endlich wieder sehen könnte.
»Du solltest eine Weile ausruhen«, meinte das fremde Mädchen. »Beim Sturz hast du deinen Helm verloren und deinen Kopf angestoßen.«
»Es geht schon, danke!« Julia zwang sich zu einem Lächeln. In Wirklichkeit fühlte sie sich nicht gut. Ihr Kopf dröhnte, als schlügen ein Dutzend Zwerge mit Hämmern darauf ein, und schlecht war ihr auch. Aber sie musste unbedingt aufstehen. Jeden Augenblick konnten hier Reiter vorbeikommen und dann wäre ihr missglückter Sprung das Tagesgespräch der Danauer Mühle.
Julia wagte gar nicht daran zu denken, welch eine Genugtuung das für Anita wäre. Sicher würde sie

dafür sorgen, dass Frau Deller Julia die Pflege für Spikey wieder entzog. Nein, so weit durfte es auf keinen Fall kommen.

»Du, ich wollte ... Also, ich würde ... Ach, ich brauche deine Hilfe!«

Die Worte des Mädchens rissen Julia aus ihren Gedanken. Sie traute ihren Ohren nicht. Wer brauchte hier wessen Hilfe? Dieses Mädchen? Hilfe von ihr? Sie war es doch, die vom Pferd gefallen war und große Schwierigkeiten bekommen konnte.

»Wieso?« Das klang ziemlich unfreundlich, aber Julias Kopf brummte noch immer stark.

»Ich suche ein Pferd.«

Mühsam wandte Julia den Blick in die Richtung, aus der die Stimme kam. Obwohl das Mädchen eine Armeslänge von ihr entfernt auf dem Boden hockte, konnte Julia die Gestalt nur schemenhaft erkennen. Alles was sie sah, war, dass das Mädchen erdfarbene Sachen trug und sehr helle Haare hatte.

»Du kannst mir dabei vielleicht weiterhelfen.«

»Da hast du dir leider die Falsche ausgesucht.« Julia schüttelte den Kopf, was ihr sofort einen neuen Anflug von Schwindel einbrachte. »Ich bin hier fremd und kenne mich überhaupt nicht aus. Versuch es doch mal auf dem Reiterhof.«

»Nein! Das ..., das geht nicht, weil ...« Das Mädchen suchte verzweifelt nach passenden Worten.

»Quatsch, natürlich geht das«, meinte Julia bestimmt. »Auf der Danauer Mühle sind alle echt nett, und wenn es um Pferde geht, helfen sie dir sofort.«

»Du verstehst das nicht.« Die Stimme des Mädchens

war plötzlich nicht mehr als ein Flüstern. Sie rutschte etwas näher heran. »Das Pferd, das ich suche, ist ein ganz besonderes Pferd. Es wurde gestohlen und ich muss es zurückbringen.«

»Mensch, für so was haben wir doch die Polizei.« Was das Mädchen ihr erzählte, klang für Julia wie ein Kriminalfall. »Wenn es wirklich gestohlen wurde, solltest du dich da besser raushalten«, sagte sie und blinzelte. Julia konnte das Mädchen nun besser erkennen und musterte es neugierig. Die langen Haare waren nicht hellblond, sondern weiß, fast so weiß wie die Haut. Die Augen waren geschlitzt und so dunkel, wie Julia es bisher nur bei Asiatinnen gesehen hatte. Aber dann müsste sie doch schwarze Haare haben? Julia stutzte. Irgendwie schien bei dem Mädchen nichts so recht zusammenzupassen.

Und erst die Kleidung! Das Mädchen trug eine helle, lange Hose aus weichem Leder und dazu ein T-Shirt-ähnliches Oberteil aus hellem Stoff, das durchaus bequem sein mochte, aber sicher in keinem normalen Jeans-Shop zu finden war. Das Ungewöhnlichste an ihr aber waren die kleinen, spitz zulaufenden Ohren und der lange Bogen, den das Mädchen zusammen mit einem gut gefüllten Pfeilköcher über dem Rücken trug.

Julia traute ihren Augen nicht. Wahrscheinlich war ihr Sturz heftiger gewesen, als sie glaubte, und hielt sie noch immer in einem Traum gefangen. Später, wenn sie richtig erwachte, würde sie sich vermutlich mit einem dicken Verband um den Kopf in der Notaufnahme eines Krankenhauses wieder finden.

»Julia?«
Julia zuckte zusammen. »Woher kennst du meinen Namen?«, fragte sie verwirrt.
»Ich habe dich und deine beiden Freundinnen gestern beim Springen beobachtet.«
Julia überlief es eiskalt. Gestern? Das seltsame Gefühl des Beobachtetwerdens, das sie am Vortag auf der Lichtung gespürt hatte, kam ihr in den Sinn. Aber ihr blieb keine Zeit nachzufragen, denn das Mädchen sprach bereits weiter.
»Ich habe euch auch belauscht«, gab sie freimütig zu. »Ihr habt nämlich über etwas gesprochen, das mich interessiert. Von einem Fohlen, das irgendjemand bekommen haben soll.«
»Ach, Anitas Wunderpferd!« Julia antwortete ganz automatisch, aber ihre Gedanken waren dabei woanders. Noch immer glaubte sie zu träumen. Nie und nimmer konnte das hier die Wirklichkeit sein. Um ihre Vermutung zu überprüfen kniff sich Julia kräftig in den Arm. »Autsch!« Der Schmerz trieb ihr die Tränen in die Augen.
»Warum tust du das?«, fragte das Mädchen erschrocken.
»Weil ich glaube, dass ich träume. Und deshalb versuche ich gerade aufzuwachen.«
»Das Kneifen wird dir nicht helfen.«
»Warum nicht?«
»Weil ich ebenso wirklich bin wie du.«
»Aber du ..., du bist eine Elfe!« Julia schüttelte ungläubig den Kopf. »Elfen gibt es nur in Märchen«, erklärte sie nachdrücklich.

»Aber ich bin hier.«
»Ich träume ja auch nur.«
»Nein, das tust du nicht.«
»Dann bist du ein ganz normales Mädchen und hast dich verkleidet. Vielleicht habt ihr irgendwo eine Theateraufführung oder so.« Genau! So musste es sein! Die Fremde trug ein Kostüm und wollte Julia auf den Arm nehmen.
»Nein, ich bin eine echte Elfe«, behauptete sie.
»Beweise es!«
»Und wie?«
Julia dachte angestrengt nach, was ihre Kopfschmerzen erneut aufflackern ließ. Fieberhaft versuchte sie sich an alles zu erinnern, was sie jemals über Elfen gehört oder gelesen hatte.
»Mach dich unsichtbar!«, verlangte sie schließlich. »Ich habe mal gelesen, dass Elfen irgendwie mit Bäumen und Sträuchern verschmelzen können, jedenfalls so, dass Menschen sie nicht sehen.«
»Und wenn ich das mache, glaubst du mir dann?« Mailin erhob sich und trat vor einen mannshohen Brombeerstrauch.
Julia machte ein feierliches Gesicht und hob die Hand zum Schwur. »Ehrenwort!«, erklärte sie ernst, konnte sich ein Kichern aber nicht verkneifen.
»Dann schau gut her!«, sagte Mailin – und verschwand!
Wenige Augenblick später erschien sie wieder. Doch nun saß sie neben dem Brombeerbusch am Boden und grinste Julia an. »Na? Überzeugt?«
Julia fühlte sich außerstande zu antworten. Sprachlos

beobachtete sie, wie sich das fremde Mädchen erhob und wieder auf sie zu kam.

»Ich sehe schon, ich habe dir einiges zu erklären«, meinte es schmunzelnd, wurde dann aber gleich wieder ernst. »Das kann ich aber nur, wenn du mir hoch und heilig zwei Dinge versprichst.«

»Was denn?«

»Dass du mir hilfst und mich nicht verrätst.«

»Verraten würde ich dich nie.« Wenn es darauf ankam, konnte sie schweigen wie ein Grabstein. Sie hustete und räusperte sich, um den Frosch in ihrem Hals zu vertreiben. »Ob ich dir helfen kann, weiß ich allerdings nicht, weil ich erst hierher gezogen bin und mich noch nicht auskenne.«

»Das genügt mir.« Mailin war davon überzeugt, das Richtige zu tun. »Ich glaube, es ist besser, wenn wir uns hinter die Sträucher setzen. Was ich dir zu sagen habe, wird etwas länger dauern, und dort können wir vom Weg aus nicht so schnell gesehen werden.« Sie reichte Julia die Hand und half ihr beim Aufstehen. Gemeinsam gingen sie in Richtung der Brombeersträucher, vergaßen aber nicht, Spikey in der Nähe anzubinden. Dann setzten sie sich und Julia sah das Elfenmädchen erwartungsvoll an.

»Mein Name ist Mailin«, begann es. »Ich komme von weit her. – Na ja, wenn man die Wege kennt, ist es gar nicht so weit, eher gleich nebenan – egal, auf jeden Fall komme ich aus dem Reich der Elfen.«

»Deshalb sprichst du so komisch.«

Mailin nickte. »Ich bin hierher gekommen, weil dem Elfenkönig ein Fohlen gestohlen wurde ...«

Ein mitternächtlicher Plan

»Also das ..., das ist absolut unglaublich.« Was Mailin ihr soeben erzählt hatte, trug nicht gerade dazu bei, Julias Kopfschmerzen zu lindern. Im Gegenteil, nie zuvor hatte sie eine so ungeheuerliche Geschichte gehört. »Wenn ich dich nicht mit eigenen Augen sähe, ich würde das nicht glauben. Niemals!«

»Aber es ist die Wahrheit. Und weil ich nicht viel Zeit habe – nur noch vier Tage –, brauche ich unbedingt deine Hilfe, sonst ist Shadow verloren.«

»Nur vier Tage? Wo um alles in der Welt willst du das Fohlen denn suchen?« Julia hatte keine Ahnung, wo sie beginnen sollten.

»Ich war schon an dem Ort, den du den Reiterhof nennst«, erzählte Mailin. »Und ich habe auch etwas entdeckt. In einem der Ställe steht ein Elfenpferd, daran besteht kein Zweifel. Shadow konnte ich aber nicht finden.«

»Ein Elfenpferd auf der Danauer Mühle?« Julia verschlug es fast die Sprache. »Welches ist es?«

»Ich weiß nicht. Gohin hat es gefunden. Es stand ganz allein in einem kleinen Stall mit grüner Tür und hatte ...«

»Das ist White Lady!«, fiel Julia ihr ins Wort.

Plötzlich wurde ihr einiges klar. Anita besaß ein Elfenpferd! Deshalb war sie also überall die Beste. Ob Anita das wohl wusste?

»Du kennst das Pferd?«, fragte Mailin hoffnungsvoll.
»Natürlich, es ist das beste auf dem ganzen Reiterhof. Intelligent und elegant wie kein anderes. Nur schade, dass es einer so arroganten Reiterin gehört.«
»Ist das die Anita, von der ihr gestern gesprochen habt?«, wollte Mailin wissen.
»Genau.«
»Aber ihr sagtet doch, dass sie ein neues Fohlen haben soll.« Mailins Augen glänzten vor Aufregung. »Vielleicht ist das Shadow.«
»Möglich wäre es.« Obwohl Mailins Vermutungen Julia ziemlich weit hergeholt schienen, musste sie zugeben, dass die Sache irgendwie logisch klang. Doch was konnten sie tun? Wie konnten sie herausfinden, ob Anita tatsächlich das gestohlene Elfenpferd besaß? Julia überlegte hin und her. Vermutungen brachten sie nicht weiter, so viel war klar. Sie brauchten Beweise. Wie sollten sie die bekommen? Und dann noch in so kurzer Zeit?
»Also eines steht fest«, erklärte sie mit einem Seitenblick auf Mailins Kleidung. »In den Sachen kannst du jedenfalls nicht herumlaufen. Dein Gesicht und die Haare sind auffällig genug. Aber die Hose und der Bogen ..., wenn dich damit jemand sieht, denken die, hier wird ein Film gedreht oder so was. Das erregt viel zu viel Aufmerksamkeit. Nein, deine Klamotten kannst du nicht anbehalten. Ich hab auch schon eine Idee.« Sie maß Mailin mit einem abschätzenden Blick. »Könnte hinkommen«, murmelte sie. »Du bist fast so groß wie ich, da lässt sich sicher was Passendes finden ...«

An diesem Abend war für Julia nicht an Schlaf zu denken. Immer wieder starrte sie auf die Uhr und hoffte, ihre Eltern würden bald ins Bett gehen. Das sah aber nicht so aus. Es war weit nach elf und unten im Wohnzimmer lief noch der Fernseher. Julia fluchte leise vor sich hin. Vermutlich ging das Fußballspiel, auf das sich ihr Vater den ganzen Tag gefreut hatte, auch noch in die Verlängerung. Wohl zum hundertsten Mal tastete Julia in der Dunkelheit nach dem Kleiderhaufen neben ihrem Bett, das ihr Vater am Nachmittag aufgebaut hatte. Eine Jeans, ein T-Shirt und ein Sweatshirt. Alles Sachen, auf die sie locker ein paar Tage verzichten konnte. Dazu Unterwäsche und Turnschuhe, die Julia bis jetzt selten getragen hatte. Das alles lag dort seit Stunden griffbereit, um von Mailin anprobiert zu werden. Das Elfenmädchen wartete sicher irgendwo draußen im Garten, doch solange Julias Eltern nicht schlafen gingen, konnte sie die Balkontür nicht öffnen, um Mailin hereinzulassen.

Na kommt schon, macht endlich den Fernseher aus, bettelte Julia in Gedanken. Und tatsächlich, als hätten ihre Eltern die Bitte gehört, verstummten unten die Geräusche. Das Licht im Flur ging an und Schritte kamen die Treppe herauf.

»... könnte dir wirklich ein wenig mehr zur Hand gehen, Anette!«, hörte Julia ihren Vater sagen.

»Ach, lass sie. Ich bin froh, dass sie nicht mehr so traurig ist«, erwiderte ihre Mutter leise. »Du weißt selbst, wie schwer ihr der Abschied von Chenna gefallen ist. Wir können von Glück sagen, dass sich das mit Spikey ergeben hat. Also, mir ist es jedenfalls lieber, sie kümmert sich den ganzen Tag um das Pony und ist glücklich, als wenn sie hier schlecht gelaunt Kartons ausräumt.«

Der Lautstärke nach zu urteilen, mussten die beiden jetzt vor Julias Zimmertür stehen.

»Du bist mal wieder viel zu nachsichtig, Anette«, meinte Julias Vater, aber ein leises Lachen verriet, dass er es nicht so ernst meinte.

Julia schmunzelte. Das war typisch Mama und Papa. Ihre Tochter glücklich zu wissen ging ihnen nun mal über alles. Julia wusste allerdings, dass ihr Vater nicht ganz Unrecht hatte, und nahm sich fest vor, ihrer Mutter in den kommenden Tagen etwas mehr zu helfen.

Dann ging auf dem Flur das Licht aus und die Tür des Elternschlafzimmers fiel ins Schloss.

Jetzt würde es nicht mehr lange dauern. Trotz ihrer Ungeduld wartete Julia sicherheitshalber noch eine halbe Stunde.

Erst als sie glaubte, dass ihre Eltern fest schliefen, machte sie das Licht dreimal an und aus und öffnete leise die Balkontür.

Etwas raschelte in dem Apfelbaum vor ihrem Fenster und gleich darauf stand Mailin auf dem Balkon. »Komm schnell rein!«, zischelte Julia. »Sonst sieht dich noch einer der Nachbarn und ruft die Polizei.«

»Die Polizei – bringt die nicht auch gestohlene Pferde zurück?« Mailin betrat das Zimmer und blickte sich staunend um.
Julia schloss hastig das Fenster und zog die dunkelgrünen Vorhänge zu, die ihre Mutter am Vormittag genäht hatte. »Nicht so viel reden. Wir müssen ganz, ganz leise sein«, mahnte sie und legte den Finger auf die Lippen. »Hier sind die Sachen.«
Mailin nickte schweigend und trat an Julias Bett, um die Kleidungsstücke zu begutachten.
»Fühlt sich bequem an«, meinte sie und hielt sich das Sweatshirt vor die Brust.
»Ist es auch. Probier es mal an.«
Wenig später zeigte sich, dass Julia eine gute Wahl getroffen hatte. Die Sachen passten Mailin wie angegossen und vor Julia stand ein völlig verändertes Elfenmädchen.
»Sieht super aus!« Julia war schon fast zufrieden. »Nur deine Ohren – die kann man zu gut sehen. Dagegen müssen wir unbedingt was machen. Warte mal.« Sie beugte sich über einen Karton und fischte einen Sommerhut mit kleiner Krempe heraus. »Hier, wenn du unter Leute gehst, wirst du den wohl aufsetzen müssen.«
Wenig begeistert drehte Mailin den roten Hut in den Händen.
»Ja, ich weiß, der ist nicht gerade toll«, räumte Julia ein. »Aber er verdeckt deine Ohren.«
Nachdem sie ein sicheres Versteck – einen fast leeren Umzugskarton – für Mailins eigene Kleidung und den Bogen samt Köcher gefunden hatten, saßen die

beiden Mädchen noch lange beisammen und besprachen ihren Plan für den nächsten Morgen. Alles musste gut vorbereitet sein, damit niemand Verdacht schöpfte. Julia wollte Mailin auf dem Reiterhof als eine Schulfreundin aus Auerbach ausgeben, die sie überraschend besuchte, weil sie mit Gohin auf dem Weg zu einem Lehrgang war. Mit der Begründung, dass der Wagen von Mailins Eltern in einen Unfall verwickelt worden sei und für einige Tage in der Werkstatt bleiben müsse, wollte Julia Frau Deller um eine Mietbox für Gohin bitten.
Ihr war klar, dass dafür fast ihre gesamten Ersparnisse draufgehen würden, doch das war ihr egal. Viel mehr Kopfzerbrechen bereiteten ihr die vielen Stolperfallen, die ihr Plan beinhaltete. Je länger sie darüber nachdachte, desto mehr Möglichkeiten fielen ihr ein, an denen das Vorhaben scheitern konnte.
Was, wenn Mailin ihren Hut abnehmen musste und jemand ihre Ohren sah? Wenn Frau Deller unbedingt persönlich mit Mailins Vater sprechen wollte? Oder wenn Mailin dumm auffiel, weil sie nicht einmal ein so simples Gerät wie den Getränkeautomaten der Danauer Mühle bedienen konnte? Es gab so viele Dinge, die schief gehen konnten, dass Julia beschloss, einfach nicht weiter darüber nachzudenken. Wer nicht wagt, der nicht gewinnt, sagte sie sich und nahm sich vor, an Mailins Seite zu bleiben, um drohenden Peinlichkeiten zuvorzukommen.
»Oh, was ist denn das?« Mailin, die voller Bewunderung durch das Zimmer schritt, hielt Julias Gameboy prüfend ins Licht.

»Ein Spiel«, erklärte Julia und schaltete das Gerät ein. Augenblicklich füllte sich der kleine Bildschirm mit bunten Figuren und elektronische Musik ertönte.
»Klasse!« Mailin, die sich entgegen Julias Erwartungen ohne Scheu für alle technischen Errungenschaften der Menschen zu interessieren schien, drückte wahllos ein paar Tasten, bis Julia das akustische Signal für »Game over« hörte.
»Du hast verloren«, sagte sie.
»Schon?« Enttäuscht legte Mailin den Gameboy aus der Hand. »Kurze Spiele habt ihr. Bei uns spielen wir manchmal einen ganzen Abend lang.«
»Stimmt, bei uns geht wirklich einiges viel zu schnell.« Julia gähnte und schaute auf ihren Radiowecker. Schon ein Uhr dreißig! »Mailin, sei mir nicht böse, aber ich muss jetzt unbedingt schlafen.«
Plötzlich hatte sie ein schlechtes Gewissen, die Elfe einfach wieder in die Nacht hinauszuschicken, schließlich hatte sie ja kein Dach über dem Kopf, wo sie schlafen konnte.
Doch Mailin war schon am Fenster und versuchte es ungeschickt zu öffnen. »Ich habe Gohin sowieso viel zu lange allein gelassen«, sagte sie und lächelte dankbar, als Julia ihr beim Öffnen half. »Also, wir treffen uns morgen früh am Springgarten«, wiederholte sie ihre Abmachung.
»Um zehn Uhr.« Julia nickte, doch dann fiel ihr ein, dass Mailin keine Uhr besaß. »Ach, Quatsch. Warte dort auf mich«, sagte sie schnell. »Ich komme dann mit meinem Fahrrad vorbei und wir gehen gemeinsam zum Reiterhof.«

»Und du bist sicher, dass es klappt?«
»Sicher?« Julia lachte. »Nein, sicher bin ich natürlich nicht, aber mir fällt nichts Besseres ein. Wir müssen es einfach versuchen. Wenn du dich immer an das hältst, was wir besprochen haben, also wenig zu reden und wenig zu tun, und wir eine Riesenportion Glück haben, dann haben wir vielleicht eine Chance.« Wenn auch nur eine winzige, fügte sie in Gedanken hinzu, während sie das Licht löschte und die Vorhänge zur Seite zog.
»Du kannst dich auf mich verlassen«, versicherte Mailin. Dann war sie hinaus und im Blätterdach des Apfelbaumes verschwunden.
Julia schloss das Fenster und schlüpfte unter ihre dünne Sommerdecke. Sie musste jetzt schnell einschlafen, um den morgigen Tag möglichst ausgeruht zu beginnen, aber der Schlaf wollte nicht kommen. Wenn sie nur an den nächsten Vormittag dachte, begann ihr Herz wie wild zu pochen – und eigentlich dachte sie an nichts anderes.

Blass und übernächtigt saß sie am Morgen am Frühstückstisch, als das Telefon klingelte.
»Für dich, Julia!«, rief ihre Mutter und kam mit dem Telefon ins Wohnzimmer. »Es ist Svea.«
»Hallo, Svea«, sagte Julia. »Nein, das macht nichts. Dann sehen wir uns eben in ein paar Tagen. – Ja, tschau und gute Besserung!« Julia legte das Telefon neben sich auf den Tisch.
»Ist Svea krank?«, wollte ihre Mutter wissen.
»Sie hat sich gestern den Fuß verstaucht und trägt

einen dicken Verband. Mit dem kann sie natürlich nicht reiten.«

Hastig schob sich Julia den Rest ihres Brötchens in den Mund und goss etwas Orangensaft hinterher. Das zweite belegte Brötchen schob sie in eine Tüte und stopfte es in die Tasche ihrer Reiterweste.

»Meine Güte, du hast es eilig«, staunte ihre Mutter. »Aber verfüttere das Brötchen nicht an Spikey.«

»Spikey mag keinen Käse.«

Julia war schon auf dem Flur und schlüpfte in ihre Reitstiefel.

»Der hier«, sie langte in die Küche und griff nach einem Apfel, »ist für Spikey.«

Ihre Mutter lachte. »Wann bist du zurück?«

»Es kann länger dauern. Vielleicht sogar bis zum Abend. Carolin und ich wollen heute eine große Runde machen.«

»Hoffentlich erwischt euch kein Gewitter.« Julias Mutter schaute zum Himmel, wo sich zu dieser frühen Stunde allerdings noch kein Wölkchen zeigte. »Für heute sind welche angesagt.«

»Mach dir deswegen keine Sorgen.« Julia drückte ihrer Mutter zum Abschied einen Kuss auf die Wange. »Dann stellen wir uns eben unter.«

Sie schwang sich auf ihr Rad und fuhr davon.

»Aber nicht unter eine Eiche!«, rief die Mutter ihr nach, doch Julia war schon weg.

Unterwegs ging sie noch einmal alles durch, was sie in der Nacht mit Mailin besprochen hatte. Sie wollten versuchen, Gohin auf der Danauer Mühle unter-

zustellen, damit sie Anita ungestört beobachten konnten, doch das war gar nicht so einfach.
In Gedanken wiederholte Julia jeden Satz, den sie zu Frau Deller sagen wollte, und überprüfte ihre Argumente auf mögliche Ungereimtheiten. Die Schwindeleien und Halbwahrheiten, aus denen sie ihre Geschichte zusammengestrickt hatte, klangen zwar durchaus glaubwürdig, aber Julia war klar, dass sie sich damit auf dünnem Eis bewegte. Sobald Frau Deller darauf bestand, mit Julias Eltern oder, schlimmer noch, mit Mailins frei erfundenem Vater zu sprechen, war es aus.
Julia schüttelte den Kopf. Der ganze Plan erschien ihr plötzlich absolut verrückt. Was in der Nacht einleuchtend geklungen hatte, entpuppte sich bei Tageslicht in ihren Augen zunehmend als eine von vornherein zum Scheitern verurteilte Idee. Inzwischen war Julia überzeugt, dass sie in Frau Dellers Büro nicht ein einziges Wort herausbekommen würde. Sie war nun mal eine ehrliche Haut und Lügen lag ihr gar nicht.
Julia war so in ihre Gedanken vertieft, dass sie das Maisfeld schon weit hinter sich gelassen hatte. Erst jetzt fiel ihr ein, dass sie Mailin und Gohin am Springgarten treffen wollte. So ein Mist! Ohne sich umzudrehen riss Julia den Lenker ihres Mountainbikes herum und wendete.
Dann ging alles sehr schnell. Bevor Julia den roten Jeep erkannte, der sich unmittelbar hinter ihr befunden haben musste, hörte sie das Geräusch von Reifen, die über Steine und Sand schlitterten, und den

durchdringenden Ton einer Hupe. Nur ihrer geistesgegenwärtigen Reaktion, die sie wie verrückt in die Pedale treten ließ, um die andere Straßenseite zu erreichen, und dem gewagten Ausweichmanöver des Jeepfahrers war es zu verdanken, dass nichts Schlimmes passierte.

»Bist du verrückt geworden, Mädchen?« Der Fahrer hatte angehalten und das Fenster auf der Beifahrerseite heruntergelassen. Aufgebracht tippte er sich an die Stirn, um Julia zu zeigen, was er von ihrem unüberlegten Wendemanöver hielt. »Weißt du eigentlich, wie teuer so ein Auto ist? Natürlich nicht, wie? Ziemlich teuer, kann ich dir sagen! Ich glaube nicht, dass du eine Lackierung oder ein Ersatzteil von deinem Taschengeld bezahlen könntest. Du kannst von Glück sagen, dass ich dir ausgewichen bin.«

Noch bevor Julia etwas erwidern konnte, schloss sich das Fenster mit leisem Summen, und der Jeep setzte seine Fahrt in Richtung des Reiterhofes fort.

Julia schluckte. Das durfte doch nicht wahr sein! Der Mann hatte sich mehr Sorgen um seinen Lack gemacht als um ihre Gesundheit. Kopfschüttelnd sah sie dem Jeep hinterher. Gerade rechtzeitig, um Anitas schadenfroh grinsendes Gesicht durch das Fenster in der Heckklappe zu erkennen.

Anita! Natürlich! Der Jeep war Julia gleich bekannt vorgekommen. Aber sie hatte jetzt nicht die Zeit, sich darüber zu ärgern.

Mit klopfendem Herzen schwang sie sich wieder auf ihr Mountainbike und fuhr zum Springgarten, um Mailin und Gohin abzuholen.

Die Freundin aus Auerbach

»Und vergiss nicht, ich rede!«, ermahnte Julia, die vor Nervosität weiche Knie hatte, das Elfenmädchen. »Dein komischer Akzent ist viel zu auffällig. Wenn du trotzdem was sagen musst, dann nur kurze Sätze, klar?«

Mailin nickte. Sie führte Gohin am Zügel und ging Käsebrötchen essend neben Julia her, die ihr Mountainbike die abschüssige und holprige Einfahrt zum Reiterhof hinunterschob. Mit Julias Jeans und T-Shirt, den Turnschuhen und dem roten Sommerhut sah sie zwar nicht gerade umwerfend, aber immerhin wie ein ganz normales Mädchen mit weißblondem Haar aus. Im Gegensatz zu Julia wirkte sie nicht im Geringsten aufgeregt und schien auch deren Sorge, ob Frau Deller ihnen die Geschichte glauben würde, nicht zu teilen.

Julia hingegen wäre am liebsten auf der Stelle umgekehrt und hätte sich irgendwo verkrochen. Leider war das nicht so einfach. Sie hatte dem Elfenmädchen ihr Wort gegeben und Mailin vertraute ihr. Wenn sie jetzt kniff, würde Mailin das gestohlene Fohlen vielleicht niemals finden.

»Hi, Julia! Wen hast du denn da mitgebracht?« Das war Carolin.

Julia klopfte das Herz bis zum Hals. Sie musste zweimal schlucken und husten, um überhaupt ein Wort herauszubringen. Aber selbst danach klang ihre Stimme heiser, als sie sagte: »Ähm, also das ..., das ist Kaja, meine Freundin aus Auerbach, und das ist ihr Pferd Gohin.«

Jetzt war es raus. Jetzt konnte sie nicht mehr zurück. Julia zitterte am ganzen Körper. Unheil, nimm deinen Lauf, schoss es ihr durch den Kopf.

»Hallo, Kaja«, grüßte Carolin freundlich. »Du besuchst Julia? Und gleich mit Pferd?«

»Nein, sie besucht mich nicht. Sie ..., sie war mit ihrem Vater auf dem Weg zu einem Lehrgang«, schwindelte Julia. Dabei ließ sie Carolin nicht aus den Augen. Würde sie etwas merken? »Unterwegs hatten sie einen Unfall. Zum Glück ist den beiden und auch Gohin nichts passiert, aber der Wagen und der Pferdeanhänger sind ziemlich kaputt und müssen für ein paar Tage in die Werkstatt.« Einmal mit dem Lügen begonnen, fiel es Julia mit jedem Wort leichter weiterzusprechen. »Meine Mutter ist mit Kajas Vater los, eine Werkstatt suchen, und ich soll Frau Deller fragen, ob sie eine Box frei hat, damit Gohin hier stehen kann, bis alles repariert ist.«

»Freie Boxen haben wir ein paar.« Carolin deutete auf den Privatstall. »Frau Deller ist in ihrem Büro, am besten gehst du gleich hin und fragst sie. Wir wollen doch noch reiten, oder? Ich meine, Svea ist krank und allein darf ich ja nicht los, aber ich hab Derry schon fast fertig und da wäre es schade ...«

»Klar reiten wir«, fiel Julia ihrer Freundin ins Wort. Sie hatte ihr Mountainbike an den Zaun gelehnt und steuerte schnurstracks auf das Büro von Frau Deller

zu. Plötzlich hatte sie es sehr eilig. Es war so leicht gewesen, Carolin die ganze Geschichte zu erzählen, dass sie den Besuch bei Frau Deller unbedingt hinter sich bringen wollte, bevor sie der eben gewonnene Mut wieder verließ.
Vor der Bürotür wartete sie noch kurz, bis Mailin Gohin an einem der eisernen Ringe in der Hauswand festgemacht hatte, dann betraten die drei Mädchen das Büro.

»Wie lange, sagtet ihr, wird die Reparatur eures Wagens dauern?«, wandte sich Frau Deller an Mailin, während sie in der Belegungsliste für den Privatstall blätterte.
»Das wissen wir nicht genau, weil meine Mutter und Kajas Vater noch unterwegs sind«, antwortete Julia schnell. Es grenzte an ein Wunder, dass ihr Frau Deller die Geschichte so einfach abgenommen hatte. Aber nachdem sie das Ganze nun zum zweiten Mal erzählt hatte, glaubte sie es fast schon selbst. »Wahrscheinlich nicht mehr als vier Nächte, weil Kajas Vater wieder zur Arbeit muss.«
»Hm, vier Nächte.«
Frau Deller runzelte die Stirn und fuhr mit dem Bleistift eine lange Liste hinunter.
»Ja, das ginge. Gohin muss allerdings in der Box bleiben. Das ist zwar schade bei dem schönen Wetter, aber ich kenne ihn nicht und kann ihn deshalb nicht zu den Pferden auf die Koppel lassen.«
»Oh, das ..., das macht gar nichts«, beeilte sich Julia zu erklären. »Hauptsache, er kommt überhaupt ir-

gendwo unter und muss nicht bei uns im Garten herumstehen.«
»Nein, das muss er nicht.« Frau Deller schmunzelte. »Ich brauche jetzt nur noch ein paar Daten, dann könnt ihr Gohin in Box fünfzehn bringen.« Sie zog ein Formular aus der Schublade und fragte: »Name? Vorname? Anschrift?«
Mailin, die sich für den Notfall extra das halbe Käsebrötchen aufgehoben hatte, biss schnell ein Stück ab und murmelte ein paar unverständliche Worte.
»Wie bitte?«, fragte Frau Deller ungeduldig. »Ich muss gleich zum Unterricht.«
Geistesgegenwärtig nannte Julia Kajas Namen und dazu irgendeine Adresse aus Auerbach. Auch die Angaben zu Gohin waren größtenteils frei erfunden, doch Frau Deller schöpfte keinen Verdacht.
»So«, sagte sie und reichte Mailin zwei Durchschläge des Formulars. »Der eine ist für euch, den anderen lässt du bitte von deinem Vater unterschreiben und bringst ihn mir morgen wieder, ja?«
Mailin nickte und rollte die Blätter zusammen.
»Vielen Dank, Frau Deller.« Julia strahlte. Das Schwierigste hatten sie geschafft. Und entgegen all ihren Befürchtungen war es nicht mal besonders schwer gewesen. »Sie sind unsere Rettung.«
»Na, na!« Frau Deller lächelte, stand auf und ging zur Tür. »Ihr wisst ja, was ihr zu tun habt. Ich muss mich jetzt beeilen, die Schüler im Reitkurs warten sicher schon.« Sie entließ die Mädchen aus ihrem Büro und verschwand in der grünen Halle.
»Box fünfzehn ist gleich die erste im Privatstall«, er-

klärte Carolin. »Aber was meint ihr? Derry ist ganz ungeduldig. Wollen wir nicht Spikey holen und dann zusammen ein Stück reiten?«
»Also ich hab nichts dagegen«, meinte Julia und blickte Mailin fragend an. »Und du?«
»Ich auch nicht. Ich hab schließlich nichts vor.«
»Na, dann ist ja alles klar«, freute sich Carolin. »Wo soll es denn heute hingehen?«
Das war genau die Frage, auf die Julia gewartet hatte. »Ach, weißt du«, sagte sie so leise, dass es niemand außer Carolin hören konnte, »ihr habt mir vorgestern so viel über Anita erzählt, dass ich eigentlich gern mal sehen würde, wo sie wohnt.«
»Oh, das ist kein Problem«, antwortete Carolin. »Es ist zwar etwas weit zum Anwesen der von der Heydes, aber dafür gibt es auch einen besonders schönen Reitweg dorthin.«
»Also, dann mal los!« Julia war schon auf dem Weg zur Sattelkammer, um Spikeys Halfter zu holen. »Kaja und ich haben massig Zeit.«

Eine halbe Stunde später ritten sie los. Zunächst nahmen sie den gleichen Weg wie am Vortag, bogen aber hinter dem Springgarten in die entgegengesetzte Richtung ab.
Kurz darauf kamen sie im Schritt an den beiden gekreuzten Buchenschösslingen vorbei, der Stelle, an der sich das Tor zur Elfenwelt befand.
Mailin wandte unauffällig den Kopf, um die Schösslinge genauer zu betrachten – und sah nichts! Nicht einmal ein Flimmern in der Luft deutete darauf hin,

dass die gekreuzten Stämme ein magisches Tor bildeten. Mailin erwischte sich bei dem Gedanken, dass es vielleicht schon wieder geschlossen sein könnte, war aber vernünftig genug, ihn sofort wieder zu verwerfen. Es gab schließlich keinen Grund, den Worten der Elfenpriesterin zu misstrauen.
Da lagen die jungen Buchen auch schon hinter ihr und Mailin wandte ihre Aufmerksamkeit den beiden Mädchen zu, die vor ihr ritten.
»Sag mal, hast du irgendwas?«, fragte Carolin gerade von vorn und drehte sich zu Julia um.
»Nein, wieso?«
»Weil du keinen Pieps von dir gibst, seit wir losgeritten sind«, erklärte Carolin. »Außerdem sitzt du auf Spikey wie ein Trauerkloß. Als hättest du lieber etwas ganz anderes gemacht als zu reiten.«
Julia hatte wirklich vor sich hin geträumt, weil sie nicht wusste, wie es weitergehen sollte, wenn sie das Anwesen der Familie von der Heyde erreicht hatten. Sie musste sich wohl etwas mehr zusammenreißen, damit Carolin nicht misstrauisch wurde, denn das konnten sie nun am wenigsten gebrauchen. »Ich hab nur schlecht geschlafen. Die Aufregung um Spikey hab ich noch gar nicht richtig verkraftet. Außerdem hatte ich die ganze Nacht ein schlechtes Gewissen wegen Chenna.« Sie hob die Stimme etwas an, damit Mailin sie auch verstehen konnte. »Aber das brauche ich nun ja nicht mehr zu haben. Nicht wahr, Kaja? Jetzt, wo du mir gesagt hast, dass es Chenna gut geht und sie nicht unter der Trennung leidet, kann ich wieder besser schlafen.«

Mailin spürte, dass sie etwas antworten musste. Sie hatte allerdings keine Ahnung, wovon Julia sprach, und griff einfach Julias Worte auf. »Stimmt, Chenna geht es prima, um die brauchst du dir wirklich keine Sorgen zu machen.«
Die drei ritten ein kurzes Stück in lockerem Trab und setzten ihren Weg anschließend schweigend im Schritt fort.
Es wollte kein richtiges Gespräch aufkommen. Außerdem waren Mailin und Julia vollauf damit beschäftigt, die Mücken, die heute offensichtlich besonders blutgierig waren, von ihrer ungeschützten Haut fern zu halten.
»Habt ihr hier immer so viele Blutsauger?«, fragte Mailin, die sich schon zum wiederholten Male auf den freien Unterarm schlug.
»Nur bei solcher Witterung«, erklärte Julia und fuhr sich mit der Hand über den Nacken. »Die sind aber auch echt biestig heute.«
»Bei mir sind sie nicht«, erklärte Carolin von vorn. »Ich hab mich in weiser Voraussicht schon zu Hause eingecremt.«
»Du Glückliche!« Mailin verscheuchte ärgerlich eine Mücke von ihrer Wange.
Die Sonne hatte ihren höchsten Stand inzwischen überschritten und heizte die Luft fast unerträglich auf. Auch in den kühlen Schatten des Waldes drang immer mehr schwülwarme Luft und machte das Atmen schwer. Bald war es so drückend, dass man kein Hellseher sein musste, um auf ein nahendes Gewitter zu schließen.

»Na, hoffentlich schaffen wir es zurück, bevor wir nass werden«, meinte Carolin mit einem Blick zum Himmel.
»Ist es denn noch sehr weit?«, fragte Julia, die auf keinen Fall umdrehen wollte, bevor sie ihr Ziel erreicht hatten.
»Eine Viertelstunde, vielleicht auch etwas länger«, erwiderte Carolin. »Wenn wir ein Stück traben, gehts natürlich schneller.«
»Na, worauf warten wir dann?« Julia schnalzte mit der Zunge und gab Spikey zu verstehen, dass er antraben sollte.
Das gescheckte Pony reagierte sofort. Als könne er spüren, dass Eile geboten war, trabte Spikey so temperamentvoll an, dass Julia auf dem schmalen Waldweg Mühe hatte, den korrekten Abstand zu dem behäbigeren Derry einzuhalten.
Zehn Minuten später erreichten sie einen hohen, gezimmerten Lattenzaun aus weiß gestrichenen Eichenbrettern, der an einer weitläufigen Weide entlangführte.
»Sie betreten nun ...«, verkündete Carolin mit der gewichtigen Stimme eines Museumswärters, »... die hochherrschaftlichen Ländereien derer von der Heyde.« Sie deutete auf den Zaun. »Wie aus gut informierten Kreisen verlautet, soll hinter diesen Zäunen das Superpferd der künftigen Reitsportequipe heranwachsen. Wir sind ...« Sie wollte etwas hinzufügen, musste aber so sehr kichern, dass sie kein Wort mehr herausbrachte.
In der Ferne grollte ein Donner.

»Wie weit ist es denn noch bis zur Residenz der Hochherrschaftlichen?« Besorgt blickte Julia nach Westen, wo sich am Horizont bereits die ersten schwarzen Wolken auftürmten.
»Nicht mehr weit, das rote Ziegeldach da vorn sind schon die Stallungen. Hundert Meter dahinter steht das Wohngebäude«, erklärte Carolin. »Aber Julia, müssen wir da wirklich hinreiten? Ich würde lieber umkehren, Derry kann Gewitter nämlich nicht ausstehen. Der Donner und die Blitze machen ihn immer ganz wild.«
»Was meinst du, Mai..., ähm, Kaja?« Julia biss sich vor Schreck auf die Lippen. Das war knapp.
»Wir könnten ja morgen noch einmal hierher reiten und uns umsehen«, erwiderte Mailin. Sie hatte sich den Weg gut eingeprägt und würde ihn jederzeit allein wieder finden.
»Morgen kann ich nicht mitkommen«, bedauerte Carolin. »Ich darf in den Ferien nur jeden zweiten Tag reiten.« Sie zog eine Grimasse. »Meine Mutter meint, dass es schließlich auch noch etwas anderes gibt als Pferde.« Sie grinste breit. »Aber was denn bloß?«
Ein Donnerschlag verschluckte Julias Antwort und brachte die Mädchen dazu, sofort umzukehren. Wo immer es möglich war, preschten sie im Galopp durch den Wald. Es war windstill, drückend schwül, und der Dreischlag der Pferdehufe ließ den Boden erzittern. Die drohende schwarze Wolkenfront und unheilvolles Grollen im Nacken, hetzten die Mädchen wie Gejagte durch den Wald, bis sie endlich die

Straße zur Danauer Mühle erreichten. Die Pferde schwitzten und schnaubten nervös, aus ihren Mäulern quoll weißer Schaum. Trotzdem gönnten ihre Reiterinnen ihnen nur, vom Galopp in den Trab zurückzufallen.

Das Gewitter war schneller, als sie gedacht hatten. Als sie die Hälfte des Schotterweges hinter sich gebracht hatten, klatschten die ersten schweren Regentropfen auf den Boden. Ein greller Blitz, gefolgt von einem ohrenbetäubenden Donner, ließ Derry erschrocken auf die Hinterbeine steigen, und Carolin musste ihr ganzes Geschick aufwenden, damit ihr verängstigtes Pony nicht durchging. Der Regen fiel immer dichter und machte den Boden schlüpfrig, als die drei die steile Einfahrt zur Danauer Mühle hinunterritten. Ohne am Viereck anzuhalten lenkten sie ihre Tiere direkt in den geräumigen, überdachten Vorraum des Ponystalls, wo die großen runden Heuballen für die Boxen lagerten.

»Mann, da haben wir ja gerade noch mal Glück gehabt!« Carolin war abgesessen und sah nach draußen, wo der Himmel nun endgültig seine Schleusen geöffnet hatte und der Regen, begleitet von heftigem Donnern und Blitzen, in endlosen Bindfäden zur Erde rauschte.

»Hoffentlich dauert das Gewitter nicht allzu lange.« Julia nahm ihre nasse Reiterkappe ab und legte sie auf einen der Heuballen.

»Warum? Ich denke, ihr habt so viel Zeit?«, wunderte sich Carolin.

»Haben wir auch, aber so wie das gießt, können wir

Spikey und Gohin nicht mal rüber in den Privatstall bringen.« Sie strich ihrem Pony liebevoll über die Nüstern und warf einen Blick zum Himmel. »Ja, Spikey, wie es aussieht, werden wir hier noch eine Weile herumstehen müssen.«
»Das müssen andere auch.« Aus der Stallgasse trat Anita und gesellte sich zu den dreien. »Oh, schon wieder eine Neue«, stellte sie mit einem abschätzenden Seitenblick auf Mailin fest. »Und so ein schicker Hut.« Sie grinste abfällig.
»Mai..., ähm, Kaja ist nur für ein paar Tage hier«, beeilte sich Julia zu erklären. Plötzlich hatte sie eine Idee. »Sie ist eine Freundin aus Auerbach und war mit ihrem Vater auf dem Weg zu einem Dressurlehrgang für Anfänger, als sie einen Unfall hatten. Jetzt ist das Auto in der Werkstatt und Frau Deller hat ihr erlaubt, Gohin hier unterzustellen, bis der Wagen repariert ist.«
»Nein, was für eine tragische Geschichte. Deine Freundin kann einem Leid tun«, sagte Anita in einem Tonfall, der genau das Gegenteil ausdrückte. Dann wandte sie sich an Mailin. »Du reitest Dressur?«, fragte sie mit sichtlichem Interesse.
Mailin, die keine Ahnung hatte, was Dressur hieß, fing einen beschwörenden Blick von Julia auf und antwortete vorsichtig. »Nicht direkt. Ich fange gerade erst an.«
»Aha, A-Klasse also«, stellte Anita fest. »Da hast du noch einen weiten Weg vor dir«, meinte sie altklug und straffte sich. »Ich habe übrigens auch mal so angefangen. Aber jetzt habe ich keine Lehrgänge mehr

nötig, immerhin schaffe ich die zweiunddreißig Lektionen der S-Klasse mit White Lady schon in dreißig Minuten ...«

»... was viel zu langsam für die Olympischen Spiele ist«, lästerte Carolin, die ihren Derry schon abhalfterte, um ihn in seine Box zu führen.

Anita tat, als hätte sie die Spitze in Carolins Worten nicht gehört. Betont lässig nahm sie die Bemerkung auf und sagte: »Natürlich ist das nicht schnell genug, aber White Lady ist auch nicht mehr die Jüngste. Mit meinem neuen Pferd wird das ganz anders. Ihr werdet euch wundern.« Sie machte eine bedeutungsvolle Pause und wartete offenbar darauf, dass eines der Mädchen nachhakte.

Carolin verdrehte genervt die Augen, aber Julia sprang sofort an. »Ich habe gehört, dass du ein neues Pferd hast. Wo steht es denn eigentlich?«

»Na, hier ganz bestimmt nicht.« Anita blickte sich naserümpfend um. »Ich hab schon zu Katja gesagt, dass es nie hier stehen wird. Mein Moonlight wird auf Gut Schleen, der Eliteschule für Dressurpferde, ausgebildet, sobald er alt genug dafür ist.«

»Wie alt ist er jetzt?«, fragte Julia.

»Etwa ein halbes Jahr.«

»Was heißt hier etwa?«, tönte Carolins Stimme aus der Stallgasse. Schlagfertig, wie sie war, wollte sie sich keine Gelegenheit entgehen lassen, Anita bloßzustellen. »Dein Superpferd hat doch sicher einen ganzen Haufen wichtiger Zuchtpapiere, in denen jeder Nieser, den es in seinen ersten Lebensmonaten gemacht hat, vermerkt ist. Da musst du doch wissen, wann und wo er geboren wurde, und alle seine berühmten Vorfahren kennen.«

»Natürlich besitzt Moonlight solche Papiere.« In Anitas Gesicht arbeitete es. Carolins Einwand hatte sie ins Schleudern gebracht, und man musste kein Hellseher sein, um zu erkennen, dass Anita Moonlights Zuchtpapiere noch nie gesehen hatte. »Aber darum kümmert sich mein Vater, und der ...«

Ihre weiteren Worte wurden von einem lauten Donner verschluckt.

»Ist es denn ein schönes Pferd?« Mailin hatte Gohins Trense gelöst und sie ihm locker über den Hals gehängt, damit er an einem der Heuballen fressen konnte. Interessiert trat sie neben Anita.

»Ein wunderschönes!« Froh, das peinliche Thema Zuchtpapiere beenden zu können, wandte sich Anita dem Elfenmädchen zu und schwärmte: »Moonlight ist ein Schimmel, genau wie White Lady. Jetzt ist er allerdings noch schwarz wie die Nacht. Aber das Schönste an ihm ist ...«

Mailin hielt den Atem an. Sie ahnte bereits, was Anita sagen würde.

»... die glänzende Blesse auf seiner Stirn. Sie sieht aus wie eine kleine Mondsichel, das ist ...«

Shadow! Mailins Herz machte vor Freude einen Sprung. Sie öffnete den Mund, um etwas zu fragen, doch Julia kam ihr zuvor.

»Das hört sich ja toll an«, sagte sie begeistert. »Dürfen wir es mal sehen?«

»Nein, das geht nicht. Mein Vater erlaubt nicht, dass ich Moonlight jemandem zeige.«

»Kein Problem! Dann reiten wir einfach mal bei euch vorbei und werfen einen Blick auf eure Weide.« Mit Derrys Sattel über dem Arm kam Carolin aus der Stallgasse.
»Die Mühe könnt ihr euch sparen. Moonlight darf im Moment nur im Stall sein und wird den ganzen Tag von einem unserer Angestellten beaufsichtigt.« Es war deutlich zu spüren, wie sehr es Anita ärgerte, dass sie ihr Superpferd niemandem zeigen durfte.
»Nein, so was!« Carolin schien fest entschlossen noch etwas Salz in die Wunde zu streuen. »Ein Pferd, das besser bewacht wird als die Kronjuwelen der Königin von England. Das muss ja wirklich was Tolles sein. Aber vielleicht gibt es das Pferd ja auch gar nicht. Vielleicht hast du die ganze Geschichte nur erfunden, um ...«
»Mein Moonlight ist so echt wie dein altersschwacher Derry«, fauchte Anita, die von Carolins Sticheleien nun endgültig genug hatte. Plötzlich war jeder freundliche Ton aus ihrer Stimme gewichen. »Aus Moonlight wird mal ein Dressurpferd, dem kein anderes so schnell das Wasser reichen kann – und ich werde ihn reiten!«
Ohne auf den Regen zu achten, der noch immer in Bindfäden vom Himmel strömte, verließ Anita den Unterstand und eilte mit großen Schritten auf White Ladys Privatstall zu.
»Ich glaube, die ist sauer«, sagte Julia.
»Und wenn schon!« Carolin warf Anita einen verächtlichen Blick hinterher. »Ich kann es wirklich nicht mehr hören. Mein Moonlight, mein Super-

pferd, ihr werdet euch wundern. Bla, bla, bla. Diese blöde Angeberin!«

In diesem Augenblick brach ein Sonnenstrahl durch die Wolken und der Regen ließ allmählich nach.

»Na prima, dann werde ich jetzt mal den Sattel wegbringen und mich auf den Heimweg machen«, erklärte Carolin. »Wir sehen uns sicher übermorgen wieder, oder?«

»Klar.« Julia lachte. »Was sollte ich denn sonst machen? Außer dir und Svea kenne ich hier doch noch niemanden.«

»Auf Wiedersehen, Kaja«, wandte sich Carolin an Mailin. »War nett, dich kennen zu lernen. Vielleicht sehen wir uns ja übermorgen.«

»Schon möglich.« Mailin klopfte Gohin gedankenverloren auf die Flanke. »Je nachdem, wie lange, ähm, die Reparatur dauert.«

Inzwischen hatte es aufgehört zu regnen. Zwar grollte in der Ferne noch ein leiser Donner, aber das Gewitter war vorüber.

Während Carolin in der Sattelkammer verschwand, führten Mailin und Julia ihre Pferde zum Viereck, um sie zu putzen.

»Na, alles klar?«, fragte Julia viel sagend, während sie Spikey striegelte.

»Mehr als das!«, erwiderte Mailin. Sie hatte den Hufauskratzer aus Spikeys Putzkasten genommen und reinigte damit Gohins Hufe.

»Hast du gefunden, was du suchst?«

Mailin nickte. »Er ist es«, sagte sie nur.

Wenig später führten die beiden Mädchen ihre Pferde in die Boxen und verließen den Reiterhof. Obwohl es schon spät am Nachmittag war, fuhr Julia nicht gleich nach Hause. Gemeinsam mit Mailin bog sie in den schmalen Weg am Rande des Maisfeldes ein und schob ihr Rad durch den Wald bis zum Springgarten. Dort fanden die beiden Mädchen einen trockenen Platz unter einer gewaltigen Buche, steckten die Köpfe zusammen und berieten, was sie tun wollten. Sie wussten, das sie nicht mehr viel Zeit hatten, denn das Tor würde sich schon bald wieder schließen. Beide waren sich einig, dass sie sofort am nächsten Tag versuchen mussten, Shadow zu befreien. Julia hatte nicht den blassesten Schimmer, wie das gehen sollte, aber Mailin hatte bereits einen Plan.

Das Zwillingsfohlen

Spät in der Nacht hatten sich die Wolken des Tages verzogen und der Himmel war wieder sternenklar. Silbernes Mondlicht fiel sanft durch die Lücken im dichten Blätterdach des Waldes und erhellte die Stelle, an der die beiden gekreuzten Buchenschösslinge standen. Ein Käuzchen rief und irgendwo hinter Mailin raschelte ein Igel durch das Unterholz. Ansonsten war alles still. Nichts rührte sich, sogar der leichte Sommerwind hatte sich schlafen gelegt.
Zögernd näherte sich Mailin den Buchen, wobei sie den Platz unter dem natürlichen Tor, den die beiden jungen Bäume bildeten, nicht aus den Augen ließ. Schon einmal hatte sie die Grenze zwischen den Welten überschritten, und der Verstand sagte ihr, dass es nichts gab, was sie fürchten musste. Dennoch klopfte ihr das Herz bis zum Hals. Was, wenn sich Enid getäuscht hatte und das Tor schon nicht mehr da war? Oder wenn sie zwar zurückkehren konnte, aber ihr dann keine Zeit mehr blieb, um Gohin zu holen? Fast kam sie sich vor wie eine Verräterin, weil sie fortging und Gohin hier zurückließ.
Es dauert ja nicht lange, rechtfertigte sie sich in Gedanken. Wenn alles gut geht, bin ich vor dem Morgengrauen wieder zurück.
Nur zwei Schritte trennten sie jetzt noch von ihrer Heimat, aber weiterhin war nicht zu erkennen, dass

sich unter den Buchen ein Tor zu einer anderen Welt befand. Doch sie durfte nicht unnötig kostbare Zeit mit Grübeln verschenken. Entschlossen zog sie sich Schuhe und Strümpfe aus, trat unter die Buchen – und war verschwunden.

»Mailin!« Überrascht blickte Enid auf. Mit raschen Schritten kam sie auf das Elfenmädchen zu, das aus dem flachen Wasser des Weihers watete, und legte ihr zur Begrüßung die Hände auf die Schultern. »Wie siehst du denn aus?«, fragte die Elfenpriesterin stirnrunzelnd, während sie das Mädchen eingehend musterte. »Du hast dich doch nicht etwa mit Menschen eingelassen?«
»Ich musste!« Mailin ließ die Turnschuhe achtlos zu Boden fallen. Hier brauchte sie sie nicht, durfte aber nicht vergessen die Schuhe später wieder mitzunehmen. »Es war nicht ganz einfach, Shadow zu finden«, begann sie, während sich Enid setzte und sie mit einer Handbewegung aufforderte, es ihr gleichzutun. »Ich will es Euch kurz berichten: An dem Tag, als ich in der Menschenwelt ankam ...«
Die Priesterin hörte Mailin aufmerksam zu und unterbrach sie kein einziges Mal. Doch als das Elfenmädchen ihren Bericht beendet hatte, schüttelte sie missbilligend den Kopf. »Gab es denn wirklich kei-

nen anderen Weg?«, wollte sie wissen. »Es mag sein, dass ihr die anderen Menschen getäuscht habt, aber dass diese Julia deine wahre Herkunft kennt, halte ich für sehr gefährlich. Nicht auszudenken, was sich daraus alles entwickeln kann.« Sie seufzte. »Du ahnst ja gar nicht, wie neugierig Menschen sein können. Überall schnüffeln sie herum und versuchen mit unglaublicher Hartnäckigkeit zu ergründen, was ihnen unerklärlich erscheint.«

»Aber Julia verrät mich nicht«, sagte Mailin voller Überzeugung.

»Wie kannst du dir da so sicher sein?«

»Sie hat es mir versprochen.«

»Versprochen!« Enid lachte bitter. »Die Geschichte unseres Volkes ist voll von Menschen, die ihre Versprechen nicht gehalten haben. Zweimal schon hätte das unser Volk beinahe ausgerottet.«

»Aber Julia würde nie ...«

»Du solltest das Wort ›nie‹ nicht so leichtfertig benutzen, mein Kind«, fiel ihr die Priesterin ins Wort. »›Nie‹ ist auch für Menschen eine sehr, sehr lange Zeit.« Sie griff unter ihren Umhang und löste einen kleinen Lederbeutel von ihrem Gürtel. Nachdenklich wog sie ihn in der Hand, dann reichte sie ihn Mailin, die ihn verwundert betrachtete.

»Was ist das?«

»Das«, begann Enid gedehnt, »ist ein Pulver aus getrockneten Amnesiapilzen. Ich hatte befürchtet, dass es dir in der dicht bevölkerten Menschenwelt nicht gelingen würde, unentdeckt zu bleiben, und es vorsichtshalber mitgenommen.«

»Wozu dient es?«
»Es lässt vergessen. Bevor du in unsere Welt zurückkehrst, musst du dieser Julia ein wenig davon ins Gesicht pusten mit den Worten ›Shide amnesa‹, damit sie sich nicht mehr an dich erinnern kann.«
»Warum?« Irgendwie kam es Mailin gemein vor, jemandem, der ihr völlig selbstlos geholfen hatte, so etwas anzutun.
»Weil es sicherer für uns ist«, erwiderte Enid ernst. »Tust du es nicht, könnte sie unser ganzes Volk in Gefahr bringen.«
»Aber Julia ist nicht, wie Ihr denkt. Sie will mir helfen und nimmt dafür sogar in Kauf, selbst bestraft zu werden.«
Enid ergriff Mailins Hand und schloss sie fest um den Beutel. »Dein Vertrauen ehrt das Mädchen«, sagte sie lächelnd. »Aber wirkliche Sicherheit gibt uns nur das Pulver. Du musst es tun, Mailin! Und warte damit nicht zu lange.« Sie deutete zum Himmel hinauf, wo sich der Mond auf seiner Bahn schon dem Horizont zuneigte. »In nicht einmal zwei Stunden wird sich das Tor schließen«, mahnte sie. »Dann musst du zurück sein. Mit oder ohne Shadow, aber auf keinen Fall, ohne vorher deiner Menschenfreundin eine Prise des Amnesiapulvers zu verabreichen.«
Mailin nickte schweigend und steckte den Beutel in die Hosentasche. Sie hatte jetzt keine Zeit, länger mit Enid darüber zu diskutieren, ob man den Menschen vertrauen durfte. Außerdem gab es etwas sehr Wichtiges, das sie mit ihr besprechen musste, bevor sie zurückkehrte.

Julia lag noch im Bett, als am Morgen das Telefon klingelte. Sie wollte schon aufspringen und abnehmen, doch ihre Mutter war schneller.

»Ach, guten Morgen, Frau Deller!«, hörte Julia die Mutter sagen.

Frau Deller! Plötzlich waren Julias Beine weich wie Butter. Ein falsches Wort, und es war aus! Julia wagte fast nicht mehr zu atmen. Mit einem Satz sprang sie aus dem Bett und schlich zur Tür, um besser hören zu können, worüber die beiden sprachen.

»Ringreiten?«, sagte ihre Mutter gerade. »Ja, das hat sie schon ein paarmal gemacht ... Aber sie schläft noch ... Doch, Lust hat sie zu so etwas immer ... Nein, an dem Tag haben wir nichts vor ... Sie können sie gern mal eintragen.«

Ringreiten! Julia fiel ein Stein vom Herzen. Sollte ihre Mutter sie ruhig anmelden. Hauptsache, Frau Deller machte keine Bemerkung über Mailin oder erkundigte sich nach dem angeblich kaputten Wagen von Kajas Vater.

»Gohin?« Als Julia ihre Mutter den Namen sagen hörte, blieb ihr vor Schreck fast das Herz stehen. »Oh, bitte«, betete sie stumm, »nicht mehr weiter davon sprechen.«

»Nein. Wissen Sie, ich interessiere mich nicht für Pferde.« Julias Mutter lachte. »Aber ja, ich werde es ihr ausrichten.«

Plötzlich ertönte aus der Küche ein lautes Zischen und Klappern.
»Tut mir Leid, ich muss jetzt auflegen«, sagte Julias Mutter hastig. »Ja, melden Sie Julia ruhig an. Auf Wiederhören.«
Erleichtert schloss Julia die Augen und holte tief Luft. Das war verdammt knapp gewesen. Nicht auszudenken, wo das Gespräch hingeführt hätte, wenn der Topf nicht im richtigen Moment übergekocht wäre. Hastig zog sie sich an und griff nach der großen bunten Plastiktüte, die sie am Abend aus der Küche geholt hatte. Mailin hatte sie gebeten ihr heute die Elfenkleidung, die noch immer in einem der Umzugskartons steckte, mitzubringen. Julia stopfte alles in die Tüte und runzelte die Stirn. Mailins Köcher und der Bogen waren entschieden zu groß, um sie unbemerkt mitzunehmen.
Obwohl sie hin und her überlegte, fand sie keine Lösung und entschied deshalb, die sperrigen Sachen erst einmal hier zu lassen. Vielleicht konnte Mailin sie holen, wenn es dunkel war.
Als sie wenig später in die Küche kam, war ihre Mutter immer noch damit beschäftigt, den Herd zu putzen. Offensichtlich hatte sie sich an diesem Morgen vorgenommen, Marmelade zu kochen, denn die Johannisbeersträucher im Garten waren voll mit roten und schwarzen Beeren, die geradezu danach schrien, zu Kompott und Konfitüre verarbeitet zu werden. Jetzt roch die Küche nach verbranntem Karamell, weil eine ganze Menge des süßen Fruchtsaftes auf die heißen Herdplatten gelaufen war.

»Frau Deller hat angerufen«, sagte ihre Mutter, während sie den Putzlappen ausspülte.
»Hab ich gehört.« Julia musste sich mächtig zusammenreißen, um nicht aufgeregt zu klingen. Was wusste ihre Mutter?
»Sie fragte, ob sie dich für das Ringreiten in zwei Wochen auf dem Reiterhof melden kann. Ich hab zugesagt. Das war doch richtig, oder?«
»Na klar!«
Obwohl Julia beinahe vor Neugier platzte, bemühte sie sich erfreut zu wirken. Ringreiten war eine tolle Sache, aber viel wichtiger war für sie zu erfahren, was Frau Deller noch gesagt hatte.
»Und dann hat sie noch gesagt, dass Gohin die ganze Nacht furchtbar unruhig war und in der Box randaliert hat. Ich nehme an, du weißt, um welches Pferd es geht. Es ist wohl nicht viel kaputtgegangen, aber Frau Deller lässt dir ausrichten, dass Kaja heute Morgen vorbeikommen soll, damit sich ihr Pferd endlich beruhigt.« Sie drehte sich um und sah Julia an. »Ist schon komisch«, meinte sie. »Kaja ist wirklich kein häufiger Name. Aber du hast hier und in Auerbach Freundinnen, die so heißen.« Plötzlich fiel ihr etwas ein. »Sag mal, warum ruft Frau Deller deswegen bei uns an und nicht bei dieser Kaja?«
»Weil, ähm«, Julia räusperte sich, um etwas Zeit zu gewinnen. »Weil Kajas Eltern beide arbeiten und sie immer so lange schläft«, sagte sie hastig.
»Ja, und wie sollst du ihr das dann ausrichten?«
»Ich fahre nachher bei ihr vorbei«, log Julia. »Sie wohnt fast auf dem Weg.« Dann wechselte sie schnell

das Thema. »Sind noch Brötchen da? Ich hab einen riesigen Hunger.«
Eine Stunde später war Julia schon wieder auf dem Weg zum Reiterhof. In den ausgebeulten Taschen ihrer Weste befanden sich diesmal zwei Brötchen für Mailin, und auf dem Gepäckträger klemmte die Plastiktüte mit der Kleidung des Elfenmädchens. Doch als sie den Springgarten erreichte, war von Mailin weit und breit nichts zu sehen. So lehnte Julia ihr Mountainbike an einen Baum, setzte sich ins Gras und wartete.

Als Mailin eine Viertelstunde später plötzlich neben ihr stand, zuckte Julia erschrocken zusammen. Obwohl sie die ganze Zeit gelauscht und um sich geschaut hatte, hatte sie das Elfenmädchen nicht kommen hören.
»Mann, hast du mich erschreckt!« Julias Herz hämmerte wie verrückt.
»Oh, entschuldige! Das wollte ich nicht«, beteuerte Mailin. »Ich habe ganz vergessen, dass ihr Menschen es nicht gewohnt seid, wenn sich jemand lautlos nähert. Sonst hätte ich mich bemerkbar gemacht. Hast du meine Sachen?«
»Ist schon okay«, meinte Julia. »Deine Sachen habe ich. Den Bogen und den Köcher musste ich aber zu Hause lassen, die sind einfach zu groß, als dass ich sie unauffällig herbringen könnte.«
»Na ja, Hauptsache, du hast mir meine Kleider mitgebracht.« Mailin überlegte. »Wenn es dunkel ist, kann ich mir den Bogen selbst abholen.«

»So hatte ich es mir auch gedacht.« Julia nickte. »Wir müssen schnell zum Reiterhof. Gohin hat heute Nacht einen ziemlichen Radau veranstaltet und Frau Deller möchte, dass du kommst, damit er sich wieder beruhigt.«

»Oh nein!« Mailin wirkte tief betroffen. »Dann hat er also doch gespürt, dass ich fort war.«

»Wie ... fort?«

»Na, zu Hause. Ich wollte nur mal nachsehen, ob Shadows Doppelgänger schon aufgetaucht ist, damit Enid und ich auch einen Beweis für Lavendras heimtückischen Plan haben, wenn ich mit Shadow zurückkehre.«

»Und?«

»Er ist da! Enid hat in ihre Kupferschale geschaut und das Fohlen auf der Weide gesehen. Lavendra hat sich wirklich Mühe gegeben. Es sieht haargenau so aus wie Shadow, und Aiofee graste daneben, als würde sie nichts bemerken«, erklärte Mailin. »So weit ist alles vorbereitet. Jetzt fehlt nur Shadow.«

Julia seufzte. »Das hört sich leichter an, als es sein wird«, meinte sie und ging zu ihrem Mountainbike. »Aber egal, jetzt müssen wir erst mal zur Danauer Mühle und die Pferde holen.«

Frau Deller erwartete Julia und Mailin im Privatstall. »Gut, dass ihr kommt!«, rief sie und lief die Stallgasse entlang. »Es tut mir wirklich Leid, aber Gohin kann nicht länger hier bleiben.«

»Warum nicht?«

Obwohl sie davon ausging, die Box für Gohin keine

Nacht länger zu brauchen, bemühte sich Julia zerknirscht zu wirken.
»Weil er mir heute Nacht die halbe Box zertrümmert hat.« Frau Deller winkte den Mädchen, ihr zu folgen. »Ich weiß nicht, was in ihn gefahren ist. So wie er hat sich hier noch kein Pferd benommen. Für mich sieht es fast so aus, als ob er ausbrechen wollte.«
Gohin, der Mailin schon von weitem erkannte, wieherte schrill und versuchte erneut, sich aus der engen Box zu befreien.
Das Elfenmädchen eilte zu ihm, schlang die Arme um seinen Hals und flüsterte ihm ins Ohr.
»Ist etwas kaputt?«, erkundigte sich Julia.
»Ganz kaputt nicht, aber doch ziemlich beschädigt.« Frau Deller deutete auf die zersplitterten Bretter. »Noch so eine Nacht und die Box ist Schrott. Deshalb kann er auch nicht bleiben.« Sie schüttelte den Kopf. »Also ehrlich, bisher hab ich kein Pferd mit einem so zerstörerischen Temperament gesehen. Man könnte fast meinen, Gohin sei ein Wildpferd und noch nie in einer Box gewesen.«
Julia biss sich erschrocken auf die Unterlippe. Frau Deller hatte ja keine Ahnung, wie dicht sie damit an der Wahrheit vorbeischrammte. Tatsächlich hatte Mailin große Bedenken gehabt, ob sich Gohin in dem engen Stall auch wohl fühlen werde. Aber dann hatte er sich so brav in die Box führen lassen, als wäre es für ihn ganz selbstverständlich – und nun das.
»Vielleicht hat er bei dem Unfall einen Schock abbekommen«, startete Julia einen etwas hilflosen Erklärungsversuch.

»Schon möglich, aber das kann nur ein Tierarzt beurteilen. So Leid es mir tut, Julia, ihr müsst Gohin wieder mitnehmen.«

Julia spürte, wie schwer sich Frau Deller mit dieser Entscheidung tat. »Dann müssen wir es eben doch bei uns im Garten versuchen«, meinte sie leichthin. »Vielleicht ist er ruhiger, wenn Kaja über Nacht bei ihm bleibt.«

»Da könntest du Recht haben, so innig wie die beiden gerade schmusen.« Frau Deller deutete zu Mailin und Gohin hinüber, die ihre Köpfe noch immer zusammengesteckt hatten und kleine Zärtlichkeiten austauschten.

»Kaja, wir müssen Gohin wieder mitnehmen!«, rief Julia dem Elfenmädchen zu, worauf Mailins roter Sommerhut über Gohin Nacken auftauchte.

»Macht nichts«, erwiderte sie. »Er möchte sowieso nicht hier bleiben.«

Frau Deller zog erstaunt die Augenbrauen hoch.

»Ähm, ja, wissen Sie, Kaja glaubt mit Gohin sprechen zu können«, beeilte sich Julia zu erklären.

Die Leiterin des Reiterhofes lachte. »Da ist sie sicher nicht die Einzige«, sagte sie und wandte sich dann an Mailin. »Nun, ich freue mich, dass Gohin und ich einer Meinung sind. Am besten, ihr bringt ihn zum Viereck, dann könnt ihr die Box ausmisten.«

Das ließen sich die Mädchen nicht zweimal sagen, schließlich hatten sie heute noch viel vor und Boxausmisten war eigentlich nicht eingeplant.

Während Julia die finanziellen Dinge regelte – für die eine Nacht verzichtete Frau Deller glücklicher-

weise auf eine Unterschrift von Mailins Vater –, brachte Mailin Gohin zum Viereck. Danach misteten sie gemeinsam in rekordverdächtiger Zeit Gohins Box aus und machten sich daran, Spikey für den Ausritt vorzubereiten.
Fast zwei Stunden, nachdem sie sich im Wald getroffen hatten, war es endlich so weit: Die Befreiung Shadows konnte beginnen.

Die Suche

»Was ist mit dir?« Mailin drehte sich auf Gohins Rücken um und sah zu Julia, die schweigend hinter ihr auf dem schmalen Waldweg ritt.
»Nichts«, antwortete sie bedrückt und ihre Stimme verriet, dass sie nicht die Wahrheit sagte.
»Angst?«
»Hm.« Julia kaute auf der Unterlippe.
»Die brauchst du nicht zu haben«, meinte Mailin zuversichtlich. »Niemand wird bemerken, dass wir etwas mit Shadows Verschwinden zu tun haben.«
»Ich denke immer noch, dass ein anderer Tag günstiger wäre, um Shadow zu befreien«, gab Julia zu bedenken. »Zum Beispiel, wenn das Ringreiten ist. Da ist hier sicher eine Menge los und die von der Heydes werden es sich bestimmt nicht entgehen lassen, mal vorbeizuschauen.«
»Du weißt doch, dass ich nicht so viel Zeit habe«,

entgegnete Mailin. »Schon morgen, wenn der Mond in meiner Welt seine nächtliche Reise beendet hat, wird sich das Tor schließen, und dann wird es nach eurer Zeitrechnung viele Monate dauern, bis es wieder geöffnet werden kann.«
Julia nickte. So etwas Ähnliches hatte ihr das Elfenmädchen vorgestern erzählt, aber irgendwie konnte sie Mailins Zuversicht, dass heute alles klappen würde, nicht recht teilen. Dafür gab es in ihrem Plan einfach zu viele Dinge, die schief gehen konnten, zumal sie sich auf dem Gelände nicht auskannte.
Was, wenn es dort wirklich rund um die Uhr einen Pfleger für Shadow gab, wie Anita gesagt hatte. Oder schlimmer noch, einen oder mehrere Wachhunde? Wenn Anitas Vater so ein Staatsgeheimnis aus dem Fohlen machte, würde er es sicher nicht unbewacht lassen. Vielleicht war das Fohlen sogar angekettet. In diesem Fall wären sie aufgeschmissen. Wie sollten sie das Schloss aufbekommen?
»Julia!« Mailin hatte Gohin anhalten lassen und gewartet, bis Julia zu ihr aufschloss. »Nun grüble doch nicht so viel«, meinte sie und lächelte ihrer Freundin aufmunternd zu. Dann wurde sie ernst. »Wenn du lieber umkehren möchtest«, begann sie zögernd, »werde ich dich natürlich nicht aufhalten. Du hast mir so viel geholfen und ich möchte auf keinen Fall, dass du meinetwegen in Schwierigkeiten kommst. Dann werde ich eben allein versuchen, Shadow zu befreien.«
»Danke«, sagte Julia. Das Angebot der Elfe rührte sie, doch allen Bedenken zum Trotz hatte sie nicht

einen Augenblick vorgehabt umzukehren. »Ich komme mit dir. Es ist nur …, das ist alles so ungewohnt für mich, ich habe so etwas noch nie getan.«
»Na, glaubst du etwa, ich stehle jeden Tag Pferde?«, fragte Mailin schmunzelnd. »Und ein wenig Angst habe ich natürlich auch. Darauf kann ich jetzt aber keine Rücksicht nehmen. Das Tor ist nicht mehr lange offen und mir bleibt nicht viel Zeit, um Shadow zurückzubringen.«
»Dann sollten wir hier nicht länger herumstehen. Beeilen wir uns lieber!«, rief Julia und ließ Spikey antraben. Mailin folgte ihr und der Zweischlag der Pferdehufe hallte durch die Stille des Waldes.
Kurz vor Mittag erreichten sie schließlich den weißen Lattenzaun, der das Anwesen der von der Heydes begrenzte. Julia ließ Spikey anhalten und spähte voraus, wo sich ein paar hundert Meter entfernt die roten Ziegeldächer der beiden Pferdeställe im Sonnenlicht spiegelten.
»Niemand zu sehen«, hörte sie Mailins leise Stimme neben sich. Das Elfenmädchen reckte den Hals. »In welchem Stall ist er wohl?«
»Keine Ahnung.« Julia zog die Schultern hoch. »Um das zu erfahren, müssen wir weiter heranreiten.« Sie straffte die Zügel und ließ Spikey im Schritt am Zaun entlanggehen. Über der Weide lag eine drückende Mittagshitze, doch hier im Schatten war es noch angenehm kühl.
Mailin hatte Recht. Nichts rührte sich auf der anderen Seite des Lattenzaunes, und erst als sie die Ställe schon fast erreicht hatten, entdeckte Julia auf der

Weide zwei zottige Kaltblutpferde, die im Schatten einer riesigen Rotbuche im hohen Gras lagen und vor sich hin dösten.
Der Lattenzaun und auch der schmale Pfad endeten an der Rückwand eines Stalles, die von Unterholz und Gestrüpp überwuchert war. Neben dem Stall gab es ein schmales vergittertes Tor im Zaun, das sich allerdings nur von innen öffnen ließ.
»So, hier ist Schluss«, stellte Julia fest. »Hier geht es nicht mehr weiter. Ich fürchte, wir müssen umkehren und uns einen anderen Weg suchen.«
»Nein, das kommt gar nicht in Frage!« Mailin war von Gohins Rücken gesprungen und führte ihn an die Stallwand. Dort band sie den Schimmel an dem Lattenzaun fest und machte sich daran, den Zaun zu erklimmen.
»Was hast du vor?«, fragte Julia.
»Ich klettere hinüber und suche nach Shadow«, erwiderte Mailin und sprang auf die andere Seite. »Worauf wartest du? Komm mit!«
»Glaubst du wirklich, dass es richtig ist, wenn wir die Pferde hier zurücklassen?« Julia runzelte die Stirn, stieg aber trotzdem aus dem Sattel.
Mailin nickte. »Die Pferde sind doch viel zu auffällig«, erklärte sie. »Außerdem würden sie uns bei der Suche behindern. Wir können von Glück sagen, wenn wir beide nicht entdeckt werden.«
Mailin hatte Recht. Obwohl Julia bei dem Gedanken, Spikey hier zurückzulassen, kein gutes Gefühl hatte, band sie ihr Pony neben Gohin fest und kletterte ebenfalls über den Zaun. Drüben angekommen

huschten die Mädchen wie zwei Diebe im Schatten einer langen Stallwand entlang. Über dem sandigen Boden zwischen den Ställen flimmerte die Hitze, sodass Julia unter ihrer schwarzen Reiterkappe mächtig zu schwitzen begann. Sie nahm sie vom Kopf und schob den Arm durch die Schlaufen, um sie nicht zu verlieren.

Schließlich hielt Julia an und deutete über den Sandplatz auf den Stall zu ihrer Linken, dessen großes Wellblechtor ein wenig offen stand. »Wo wollen wir zuerst nachsehen?«, flüsterte sie.

»Ich hier und du da drüben«, meinte Mailin. »Da ist das Tor schon offen. Wer fertig ist, kommt wieder hierher.«

»Geht klar.« Mit kurzen Seitenblicken nach links und rechts vergewisserte sich Julia, dass die Luft rein war. Dann rannte sie geduckt über den Hofplatz und verschwand hinter dem Tor.

Mailin hatte es nicht ganz so leicht. An dem großen Tor des Stalles, in dem sie suchen wollte, hing ein wuchtiges Vorhängeschloss, das sie niemals aufbekommen würde. Das sah sie auf den ersten Blick. Sie musste den Stall nach einem zweiten Eingang absuchen. Vorsichtig spähte sie um die Ecke auf die Stirnseite des Stalls. Auch hier gab es keine Tür. Mailin hatte keine Wahl, sie musste auf die andere Seite. Immer wieder blickte sie sich um, während sie, auf jedes Geräusch horchend, an der ungeschützten Stirnseite entlangschlich.

Als sie das Ende der Wand erreicht hatte, hielt sie lauschend inne. Ihre Vorsicht zahlte sich aus – jemand schnarchte! Ganz langsam bewegte sie sich vorwärts und sah um die Ecke. Auf der Hälfte der Stallwand befand sich eine weitere große Tür, die zu Mailins Freude einladend weit geöffnet war. Doch selbst für eine Elfe, die es gewohnt war, sich lautlos zu bewegen, dürfte es äußerst schwierig werden, unbemerkt in den Stall zu kommen.

Unter einem Sonnenschirm vor der Tür schnarchte in einem bequemen Gartenstuhl ein breitschultriger Mann in brauner Arbeitskleidung. Die rote Schirmmütze war ihm tief ins Gesicht gerutscht und ein Arm hing schlaff hinunter, ein Zeichen dafür, dass er schon länger schlief. Dennoch musste Mailin all ihren Mut zusammennehmen, um sich der Tür auf Zehenspitzen zu nähern. So leise, wie es nur Elfen vermögen, tastete sie sich an der Wand entlang, wobei sie den Mann nicht aus den Augen ließ.

Sie hatte die Tür fast erreicht, als eine vorwitzige Fliege auf der Wange des Mannes landete und sich krabbelnd auf den Weg unter die Schirmmütze machte. Der Mann zuckte, grunzte unwillig und schlug mit der Hand nach der Fliege. Mailin, die nicht einmal fünf Schritte von ihm entfernt an der Wand stand, wagte nicht sich zu bewegen. Wenn der Mann erwachte und sie entdeckte, war es aus. Zum ersten Mal ärgerte sie sich darüber, dass das »Unsichtbarmachen« nur mit natürlichen Gewächsen wie Bäumen und Sträuchern im Hintergrund funktionierte. Eine verputzte Steinmauer war leider nicht natürlich, sonst hätte sie ohne weiteres an dem Mann vorbeispazieren können. Mit angehaltenem Atem verfolgte sie, wie der Mann ohne die Augen zu öffnen nach einer bequemeren Lage suchte und bald darauf wieder zu schnarchen begann.

Mailin atmete auf. Um sicherzugehen, dass er wirklich schlief, wartete sie einen Moment, bevor sie ihren Weg fortsetzte. Noch zwei Meter bis zur Tür. Dort wurde es erneut brenzlig, als Mailin ihre schlanke Gestalt zwischen Gartenstuhl, Sonnenschirm und der Wand hindurchzwängen musste. Die Augen auf den Schlafenden gerichtet, stieß sie versehentlich mit dem Kopf an den Schirm, der bedrohlich zu schwanken begann. Nur ein beherzter Griff von Mailin verhinderte, dass er umstürzte.

Mit hämmerndem Herzschlag erreichte das Elfenmädchen endlich die Tür und huschte in die Dunkelheit des Stalls. Hier roch es eindeutig nach Pferden. Nach dem grellen Sonnenlicht auf dem Hof dauerte es eine Weile, bis sich ihre empfindlichen Augen an das dunkle Zwielicht im Stall gewöhnt hatten. Die anderen Sinne reagierten dafür umso schneller. Sie spürte, dass sie nicht allein war.

Stroh raschelte und nicht weit entfernt hörte sie die leisen Atemzüge eines Pferdes. Shadow? Mailin blinzelte und tastete sich langsam in die Richtung vor, aus der die Atemzüge kamen. Das grün-graue Schattengemisch vor ihren Augen löste sich nur langsam auf. Zwar konnte sie schon die Fenster des Stalles erkennen, aber alles, was sich im Dunklen befand, blieb ihr noch verborgen.

Ungeachtet des schlafenden Mannes vor der Tür stieß sie einen leisen, für menschliche Ohren kaum wahrzunehmenden Pfiff aus – das Erkennungszeichen der königlichen Pferdehüter. Vermutlich war es ein aussichtsloser Versuch, denn Mailin hatte keine Ahnung, ob Shadow, wenn er denn hier war, den Ruf überhaupt erkennen würde. Angespannt lauschte sie in die Dunkelheit hinein. Nichts. Sie versuchte es noch einmal. Wieder nichts. Obwohl sie kaum Hoffnung hatte, wagte Mailin einen dritten und letzten Pfiff – und endlich geschah etwas. Das Rascheln im Stroh wurde lauter, ganz so, als würde sich ein Körper unbeholfen erheben, und über eine niedrige Boxenmauer hinweg spiegelte sich das Tageslicht in einem Paar dunkler Pferdeaugen, die Mailin verwundert anstarrten. Zwischen den Augen – Mailin unterdrückte einen Aufschrei – funkelte eine halbmondförmige Blesse.

Shadow! Es gab keinen Zweifel. Das Elfenmädchen musste sich auf die Lippen beißen, um den Namen des Fohlens nicht laut zu rufen. Sie hatte Shadow gefunden!

Mit wenigen Schritten war sie an der Box und sprang mit einem Satz über die niedrige Mauer.

Shadow! Überglücklich schlang sie die Arme um den Hals des Fohlens und vergrub ihr Gesicht in dessen buschiger Mähne. Das Fohlen verhielt sich wunderbar. Als könne es spüren, dass jeder verdächtige Laut eine Gefahr darstellte, schnupperte es nur leise an Mailins Kleidung und stupste das Elfenmädchen immer wieder freudig mit der Nase an.

»Shadow, oh Shadow!«, flüsterte Mailin. »Hab keine Angst, ich bringe dich nach Hause.«

Aber wie? Shadows Halfter war an der Box festgebunden – das würde wenig Probleme verursachen. Der Mann vor der Tür bereitete Mailin viel mehr Kopfzerbrechen. Es schien ihr absolut unmöglich, mit Shadow unbemerkt an ihm vorbeizukommen.
Zuerst das Halfter. Das Elfenmädchen löste ihre Arme von Shadows Hals und tastete am Gürtel nach ihrem Messer. Es dauerte eine ganze Weile, bis sie das dicke Seil durchtrennt hatte, aber schließlich war Shadow frei. Das Fohlen schnaubte zufrieden und stupste Mailin dankbar an, die gerade dabei war, das Halfterende so auszufransen, dass es den Anschein hatte, als sei es durchgebissen worden.
Shadow wartete geduldig und verhielt sich ruhig. Nicht so der eiserne Riegel der Boxentür. Schon bei Mailins erstem vorsichtigen Versuch, ihn zu öffnen, quietschte er verdächtig laut. Das Elfenmädchen hielt erschrocken den Atem an und horchte. Doch vor der Tür blieb alles still. Behutsam startete Mailin einen zweiten Versuch, der ebenfalls von dem quietschenden Riegel zunichte gemacht wurde. »Mist!« Das Elfenmädchen schimpfte leise. Sie war schon so weit gekommen, da durfte ihre Rettungsaktion doch nicht an einem dämlichen Riegel scheitern.
Plötzlich schepperte etwas draußen auf dem Hof. Gleich darauf begann ein Hund wie rasend zu bellen und Mailin hörte, wie sich der Mann vor der Tür regte. Umständlich schälte er sich aus dem Liegestuhl und eilte mit raschen Schritten davon, um zu sehen, was den Hund so wütend machte. Das war ihre Chance! Mit einem kräftigen Ruck zog Mailin

den protestierenden Riegel zurück und öffnete die Boxentür. Sie hielt Shadow am Halfter fest, näherte sich der Tür und spähte hinaus.
Das helle Sonnenlicht zwang sie die Augen zusammenzukneifen. Dennoch konnte sie erkennen, dass sich auf dieser Seite des Stallgebäudes niemand mehr befand. Der bellende Hund schien irgendwo hinter dem Stallgebäude zu sein, und vermutlich war ihm der Mann gefolgt. Mailin konnte nur hoffen, dass sie Julia nicht erwischt hatten, denn sie hatte keine Ahnung, wo ihre Freundin sein mochte.
Um dem Mann und dem Hund nicht zu begegnen, entschied sie sich dafür, einen anderen Rückweg zu suchen, und führte Shadow rechts um das Stallgebäude herum. Dies war zwar wesentlich kürzer, aber dafür mussten sie mitten durch eine Buchenhecke. Zum Glück war die so hoch gewachsen und ungepflegt, dass Mailin schnell eine Lücke fand, die auch für Shadow groß genug war.
Ein rascher Blick über die Schulter zeigte ihr, dass der Mann noch nicht zurück war. Sie bog mit dem Fohlen um die Ecke des Stalls, und Schirm und Gartenstuhl waren nicht mehr zu sehen.
Mailin atmete erleichtert auf, aber schon im nächsten Augenblick gefror ihr das Blut in den Adern. Gohin und Spikey waren fort und auch von Julia war weit und breit nichts zu sehen.
Dafür stand ein riesiger schwarzer Hund mitten in der geöffneten kleinen Pforte und bellte wütend in den Wald hinein. Der Mann im braunen Arbeitsanzug, der vor dem Stall geschlafen hatte, hielt den

Hund am Halsband fest. Offensichtlich hatte er Mühe, das aufgebrachte Tier davon abzuhalten, in den Wald zu stürmen.
In der Hoffnung, Mann und Hund würden die Pforte bald verlassen, zog Mailin Shadow eilig hinter das schützende Grün der Buchenhecke und wartete. Und tatsächlich – schon ein paar Minuten später zerrte der Mann den widerstrebenden Hund vom Zaun fort, schloss das Tor und machte sich auf den Rückweg.
Das Elfenmädchen wartete noch einen Moment, dann trat es aus dem Schatten und eilte mit Shadow zum Tor. Mit fliegenden Fingern versuchte Mailin die geschlossene Pforte zu öffnen, doch irgendetwas klemmte. Das Tor wollte nicht aufgehen.
»Mach schon!«, flehte Mailin nervös und zerrte an dem Riegel, doch nichts geschah. Dafür ertönte aus dem Wald ein freudiges Wiehern, das nur von Gohin stammen konnte, und Shadow, der sich bis dahin vorbildlich verhalten hatte, antwortete fast ebenso laut mit seiner niedlichen Fohlenstimme.
Sofort begann der Hund wieder wie rasend zu bellen und Mailin hörte einen wütenden Aufschrei des Mannes, als sich der Hund von ihm losriss. Mailin wusste, dass er jeden Moment zurück sein würde, und hämmerte wie wild auf den Riegel ein, damit er endlich nachgab – vergeblich.
Mit Tränen der Verzweiflung in den Augen sah Mailin den Hund um die Stallecke rasen. Schaum und Geifer tropften aus seinem geöffneten Maul und die spitzen Reißzähne blitzten im Sonnenlicht. Mailin

zitterte. Sie hatte zwar keine Erfahrung mit den Hunden der Menschen, aber nicht den geringsten Zweifel daran, dass das schwarze Ungetüm auch zubeißen würde.

Endlich gab der Riegel nach und das Tor schwang auf. Mailin überlegte nicht lange. »Lauf zu Gohin!«, rief sie und gab Shadow einen kräftigen Klaps auf die Hinterbacken.

Doch das wäre gar nicht nötig gewesen. In panischer Angst vor dem Hund stürmte das Fohlen durch die kleine Pforte und verschwand im Wald.

Mailin selbst hatte keine Zeit mehr, dem Fohlen zu folgen. Sie schaffte es gerade noch, das Tor wieder krachend ins Schloss zu werfen, damit der Hund Shadow nicht verfolgen konnte. Da stand er auch schon knurrend und mit gefletschten Zähnen vor Mailin, die sich verängstigt an den Lattenzaun drückte. Normalerweise hätte der Zaun für sie kein Hindernis dargestellt, da die weißen Bretter von dieser Seite wie eine Leiter zu erklimmen waren. Doch Mailin war klar, dass jede Bewegung von ihr den Hund zum Zuschnappen bringen konnte, und wagte deshalb nicht sich zu rühren.

»Schön brav sein«, sagte sie leise zu dem Hund, worauf der Köter erneut knurrte und die Zähne bleckte. Mailin schwitzte. Noch nie hatte sie einem derart Furcht einflößenden Tier gegenübergestanden. In ihrer Heimat lebten Elfen und Tiere friedlich nebeneinander und selbst die räuberischen Wölfe in den Wäldern des Reiches verhielten sich ruhig, wenn sie auf eine Elfe trafen. Dieser Hund schien jedoch da-

rauf abgerichtet zu sein, den Hof zu bewachen. Er konnte vermutlich gar nicht anders, und wenn Mailin nicht so Angst gehabt hätte, hätte er dem tierlieben Elfenmädchen sicher Leid getan.
»Luxor! Sitz!« Inzwischen war auch der Mann im braunen Arbeitsanzug zurück. Der Hund reagierte sofort. Unter drohendem Knurren setzte er sich auf die Hinterbeine und wartete, wobei er Mailin keine Sekunde aus den Augen ließ. »Ja, wen haben wir denn da?« Der Mann schob seine Schirmmütze in den Nacken und kratzte sich nachdenklich an der Stirn. »In Jeans und T-Shirt siehst du eigentlich ganz gewöhnlich aus«, meinte er und trat noch einen Schritt näher. »Aber diese Augen und die Haarfarbe, sehr merkwürdig. Und die Ohren.« Er streckte eine Hand aus, um Mailins Haar über dem Ohr beiseite zu schieben, doch die duckte sich blitzartig und der Griff ging ins Leere.
Augenblicklich war der Hund wieder auf den Beinen und sorgte zähnefletschend dafür, dass Mailin nicht entkommen konnte.
Oh nein! Der Hut ist weg!, schoss es Mailin durch den Kopf. Wie lange mochte er schon fort sein? Sie konnte sich beim besten Willen nicht daran erinnern, wo sie ihn verloren hatte. Im Stall? Oder in der Buchenhecke?
Ihre Überlegungen wurden von dem Mann unterbrochen, der den Hund zurückgerufen hatte und sie am Arm packte.
»Komm mit«, sagte er barsch. »Ich werde dich jetzt ins Haus bringen. Für eine so seltsame Einbrecherin

wie dich wird sich Herr von der Heyde sicher interessieren.«
Nein, bloß das nicht! In Mailins Kopf wirbelten die Gedanken durcheinander. Sie hatte doch keine Zeit! Schon in wenigen Stunden würde sich das Tor schließen und dann war sie für viele Monate in der Menschenwelt gefangen. Sie musste hier weg, so schnell wie möglich! Auf keinen Fall durfte sie von noch mehr Leuten gesehen werden.
Mailin wusste, was sie zu tun hatte. Zum Schein ging sie einige Schritte mit und wehrte sich nicht, sammelte ihre Kräfte und wartete auf den richtigen Moment. Und wirklich, nachdem sie ein kurzes Stück gegangen waren, lockerte der Mann den eisernen Griff um ihren Arm. Mailin befreite sich mit einer gekonnten Drehung, während sie gleichzeitig den Beutel der Elfenpriesterin von ihrem Gürtel riss. Sekundenschnell hatte sie ihn geöffnet, etwas von dem glitzernden Pulver auf ihre Hand gestreut und es dem überrumpelten Mann mit den Worten »Shide amnesa« ins Gesicht gepustet.
Die Wirkung war erstaunlich. Mit einem verdutzten Gesichtsausdruck erstarrte der Mann mitten in der Bewegung, verdrehte die Augen und sackte ohnmächtig in sich zusammen.
Der Hund war darüber offensichtlich genauso überrascht wie Mailin. Er vergaß sogar für einen Moment zu knurren und schnupperte neugierig an dem Bewusstlosen. Mailin nutzte die Gelegenheit, um auch ihn außer Gefecht zu setzten.
Als das schwarze Tier wenig später friedlich schlum-

mernd neben dem Mann auf dem Boden lag, atmete sie auf. Nichts wie weg hier!, dachte sie, steckte den Beutel ein und machte sich auf den Weg zum Lattenzaun.

Das Tor im Wald

»Was hast du denn mit den beiden angestellt?« Julia reckte sich auf Spikeys Rücken, um einen besseren Blick auf Mann und Hund zu haben, die reglos auf dem sandigen Boden lagen.

Sie hatte sich große Sorgen um Mailin gemacht und war, nachdem auf dem Hof Ruhe eingekehrt war, zum Zaun geritten, um nach dem Elfenmädchen Ausschau zu halten.

»Sieht schlimmer aus, als es ist«, erklärte Mailin. Sie hatte gerade die obere Latte des Zaunes erreicht und sprang auf der anderen Seite hinunter. »Sie schlafen. Und wenn ...«

»Oh nein! Wo ist denn der rote Hut?«, fragte Julia erschrocken dazwischen.

»Weg! Ich muss ihn irgendwo in oder vor dem Stall verloren haben.« Mailin blickte beschämt zu Boden. »Tut mir Leid«, sagte sie kleinlaut.

»Leid?« Julias Stimme schwankte zwischen Furcht und Ärger. »Wir müssen ihn suchen. Die haben dich doch alle damit gesehen. Wenn ihn jemand findet, wird der Verdacht sofort auf uns fallen.«

»Mach dir keine Sorgen«, sagte Mailin leichthin. »Wenn die beiden aufwachen, werden sie sich nicht mehr an mich erinnern.« Sie hob den Beutel mit dem Amnesiapulver hoch und meinte geheimnisvoll: »Elfenzauber!«

»An dich vielleicht nicht, aber an mich. Außerdem hat dich Anita mit diesem Hut gesehen.«

»Auweh!« Mailin biss sich auf die Lippen. »Hat dich der Mann denn auch gesehen?«

»Klar, ich hab doch den Hund aufgescheucht, als ich mit meiner Reiterkappe gegen einen Haufen Blechkanister stieß. Das hat vielleicht gescheppert!«

»Hab ich gehört.« Mailin dachte an den Lärm, der den Mann von der Stalltür weggelockt hatte. »Damit hast du mir aber einen Gefallen getan. Ich hätte sonst nicht gewusst, wie ich Shadow aus dem Stall bekommen soll, weil der Mann vor der Tür saß.«

»Der Mann ist dem Hund gefolgt und hätte mich beinahe erwischt. Ich hatte gerade noch Zeit, um Spikey und Gohin loszubinden und sie in den Wald zu treiben. Danach musste ich sehen, dass ich wegkomme, weil der Hund schon den Zaun erreicht hatte. Der Mann kam zwar erst um die Stallecke, aber ich bin sicher, dass er mich und vielleicht sogar Spikey gesehen hat.« Sie machte ein bedrücktes Gesicht. »Das wird eine Menge Ärger geben. Mit dem gescheckten Fell ist Spikey leicht zu erkennen. Und ich hab Anita ja auch über Moonlight ausgefragt. Wenn sie den Hut finden, brauchen sie nur eins und eins zusammenzuzählen, und schon bin ich diejenige, die das Fohlen gestohlen hat.«

»Ist das wahr?« Mailin war ehrlich betroffen.
»Na klar! Sobald der Mann aufwacht, wird er die Polizei rufen, weil das Fohlen fort ist. An dich kann er sich ja nicht mehr erinnern, also bleibe nur noch ich übrig. Und was soll ich antworten, wenn ich gefragt werde, wo ich den ganzen Morgen gewesen bin?«
Julia seufzte. Sie hatte Mailin helfen wollen, aber nicht gedacht, dass sie dadurch selbst in so große Schwierigkeiten kommen könnte.
»Hm.« Mailin überlegte. »Also, ich möchte auf keinen Fall, dass du meinetwegen Ärger bekommst. Lass mich nachdenken. Im Moment habe ich zwar keine Idee, aber mir fällt bestimmt noch etwas ein, wie ich dir helfen kann.« Dann wechselte sie das Thema. »Wo sind Shadow und Gohin?«
»Dahinten im Wald.« Julia deutete auf eine lichte Stelle im Unterholz. »Du glaubst nicht, wie sich das Fohlen freute, als es Gohin sah.« Ein dünnes Lächeln huschte über ihr angespanntes Gesicht, als sie an die stürmische Begrüßung der beiden dachte.
»Dann sollten wir erst mal sehen, dass wir hier wegkommen«, meinte Mailin und machte sich, gefolgt von Julia und Spikey, auf den Weg zu ihren Pferden. »Ich habe nämlich keine Ahnung, wie lange die einschläfernde Wirkung des Pulvers anhält.«
Als Shadow Mailin kommen sah, war er nicht zu halten. Übermütig sprang er um das Elfenmädchen herum und stupste sie dabei immer wieder mit seinen weichen Nüstern an.
Mailin schloss das Fohlen zärtlich in ihre Arme. »Ach, Shadow«, murmelte sie mit Tränen in den

Augen. »Ich habe schon befürchtet, ich würde dich niemals mehr wiedersehen.«
Julia wartete geduldig. Das Glück des Elfenmädchens rührte sie und ließ sie für einen Moment ihre eigenen Probleme vergessen.
Schließlich stand Mailin auf, wischte die Tränen fort und schwang sich auf Gohins Rücken.
»Komm«, sagte sie zu Julia. »Jetzt bringen wir Shadow nach Hause!«

Um nicht auf andere Reiter oder Wanderer zu stoßen verzichteten Julia und Mailin darauf, den Waldweg zu benutzen. Stattdessen bahnten sie sich ihren Weg zurück etwas abseits durch das lichte Unterholz, was sie allerdings mehr Zeit kostete.
»Weißt du, was ich mich eine ganze Weile frage?«, wandte sich Julia an Mailin, die mit Gohin und Shadow neben ihr ritt.
»Was?«
»Warum ausgerechnet Anitas Vater beide Elfenpferde besitzt. Ist doch komisch, oder?«
»Ja, schon. Aber eigentlich ist mir das ziemlich egal«, erwiderte Mailin. »Hauptsache, ich habe Shadow gefunden.«
»Hast du denn keine Angst, dass euch noch einmal ein Pferd gestohlen werden könnte?«, fragte Julia.
»Doch«, gab Mailin zu und schmunzelte. »Aber dann weiß ich, wo ich es suchen muss.«
»Da ist was dran.« Julia grinste. Trotzdem konnte sie das Gefühl nicht loswerden, dass es auf dem Anwesen der von der Heydes ein Geheimnis gab. Und

wenn auch jetzt nicht der richtige Zeitpunkt dafür war, es zu lüften, nahm sie sich doch vor, Anita in Zukunft aufmerksamer zu beobachten. Irgendwann würde sie vielleicht aufdecken, wie Anitas Vater an die Elfenpferde gekommen war.

Mailin zügelte ihr Pferd. »Wir sind da.« Sie stieg ab, um den Proviantbeutel, den Enid ihr mitgegeben hatte, unter einem Busch hervorzuziehen.

»Hier?« Julia blickte sich erstaunt um. Der Wald sah an dieser Stelle absolut gewöhnlich aus. Nichts deutete darauf hin, dass sich hier ein Tor zur Welt der Elfen befinden könnte. »Bist du sicher?«

»Ganz sicher.« Mailin zeigte auf die beiden gekreuzten Buchenschösslinge, die nur wenige Meter von ihr entfernt standen. »Du wirst es gleich sehen.«

Plötzlich überkam Julia ein ganz sonderbares Gefühl und sie spürte Tränen in den Augen. War das schon alles gewesen? Endete hier ihr unglaubliches, wenn auch kurzes Abenteuer mit Mailin, dem Mädchen aus einer Welt, die es eigentlich nur in Märchenbüchern geben sollte? Sie schluckte und wischte verstohlen eine Träne fort, während sie beobachtete, wie Mailin zu Shadow ging und nach der kurzen, abgeschnittenen Führleine des Halfters griff.

Mit dem Fohlen im Schlepptau kam sie auf Julia zu und strich Spikey mit der freien Hand zärtlich über die Nüstern. »Du hast noch meine Sachen!«, sagte sie und zupfte an ihrem T-Shirt. »So kann ich zu Hause beim besten Willen nicht herumlaufen.«

»Oh, natürlich!« Julia löste die bunte Plastiktüte von Spikeys Sattel. »Das hätte ich fast vergessen.«

»Aber ich bestimmt nicht.«
Mailin nutzte die Deckung eines hohen Brombeerstrauches und schlüpfte aus Turnschuhen, Jeans und T-Shirt. Hastig rollte sie die Sachen zusammen und stopfte sie in die Plastiktüte, bevor sie ihre eigenen Kleider anzog. Als sie später wieder hinter dem Brombeerstrauch hervortrat, sah sie genauso aus wie an dem Tag, als Julia ihr das erste Mal begegnet war. Mit der Tüte unter dem Arm trat sie neben Spikey.
»Hier«, sagte sie und reichte Julia den Plastikbeutel. »Ich muss schon sagen, eure Kleidung ist bequem. Könnte mich direkt daran gewöhnen.«
Julia zögerte. »Willst du sie behalten?«, fragte sie.
»Nein, das geht nicht. Das wäre viel zu auffällig. Du weißt ja, dass es uns verboten ist, die Welt der Menschen zu betreten.«
Sie stieß einen leisen Pfiff aus und Gohin kam an ihre Seite.
»Du musst gehen, nicht wahr?«
Obwohl sich Julia krampfhaft darum bemühte, cool zu bleiben, schwang eine tiefe Traurigkeit in ihren Worten mit, die Mailin natürlich nicht entging.
»Ja, Shadow muss zurück«, erwiderte sie und zwinkerte Julia zu. »Aber wenn du gegen Abend hierher kommst, werden wir uns noch einmal sehen.«
»Warum? Soll ich dir deinen Bogen bringen?«
»Nein, den Bogen kannst du behalten. Als Dank für deine Hilfe oder als Erinnerung an mich – damit du nicht irgendwann denkst, du hättest alles nur geträumt.« Mailin lächelte viel sagend. »Nein, ich habe da so eine Idee – mal sehen, ob sich das machen lässt.

Deshalb will ich dir noch nichts verraten. Komm einfach her und lass dich überraschen.« Sie hob den Kopf und blickte Julia in die Augen. »Du kommst doch?«, vergewisserte sie sich.
»Vielleicht.« Bei dem Gedanken an ihr Zuhause schnürte es Julia die Kehle zu. Was, wenn ihre Mutter schon Bescheid wusste oder, noch schlimmer, wenn dort die Polizei auf sie wartete? Vielleicht sollte ich lieber mit Mailin gehen, schoss es ihr durch den Kopf, denn das mulmige Gefühl in ihrem Bauch wollte nicht weichen.
Mailin schien es zu spüren. »Du fürchtest, dass sie dich verdächtigen Shadow gestohlen zu haben, nicht wahr?«, fragte sie mitfühlend.
»Natürlich. Was soll ich denen erzählen? Dass ich ein Elfenmädchen getroffen habe, das nach Moonlight gesucht hat, weil das Fohlen ein Elfenpferd und aus der Elfenwelt entführt wurde?« Sie lachte bitter. »Dann stecken sie mich in die Klapsmühle.«
»Wohin?«
»Ach, egal. Jedenfalls halten mich dann alle für total verrückt. Aber wegen des Diebstahls ...« Sie brach ab und seufzte. »Na gut. Wenn nichts dazwischenkommt, bin ich in ein paar Stunden wieder hier.«
»Komm bitte nicht so spät«, mahnte Mailin. »Das Tor wird sich bald schließen und ich möchte dich ungern verpassen.« Dann drehte sie sich um, ergriff den Proviantbeutel und schwang sich auf Gohins Rücken. Ohne sich noch einmal umzublicken, ließ sie den Schimmel auf die beiden gekreuzten Buchen zugehen. Shadow fest an der Führleine haltend, ritt

sie unter den jungen Bäumen hindurch – und war verschwunden.
Julia traute ihren Augen nicht. Unter den Buchen war absolut nichts zu sehen. Vorsichtig lenkte sie Spikey dicht an die gekreuzten Stämme heran, um den natürlichen Torbogen näher zu betrachten. Doch sosehr sie sich auch bemühte und suchte, sie konnte nichts Ungewöhnliches feststellen. Einer plötzlichen Eingebung folgend stieg sie von Spikeys Rücken, hob einen kurzen dicken Stock vom Boden auf und warf ihn unter den Durchgang. – Er erreichte den Boden nicht. Kaum, dass er die Stämme passiert hatte, war der Stock wie vom Erdboden verschluckt. Jetzt gab es keinen Zweifel mehr: Nicht einmal drei Schritte von ihr entfernt öffnete sich ein Tor zur Elfenwelt! Julia zögerte. Die Versuchung, selbst hindurchzugehen, war groß, doch die Furcht, dass dabei etwas schief gehen könnte, war noch größer.
Seufzend ging sie zu Spikey zurück und stieg in den Sattel. »Dann wollen wir mal!«, sagte sie zu dem Pony und schnalzte leise mit der Zunge, um es auf den nahen Waldweg zu lenken.
Während Spikey antrabte, überlegte Julia, wo sie den Nachmittag am besten verbringen sollte. Zu Hause oder auf dem Reiterhof? Sorgfältig wog sie die Vor- und Nachteile beider Möglichkeiten gegeneinander ab und entschied sich schließlich für die Danauer Mühle. Zum einen war es von dort nicht so weit bis zu den gekreuzten Buchen, zum anderen konnte sie ihre Mutter anrufen und ihr sagen, dass es später werden würde.

Entschlossen machte sie sich auf den Rückweg. Sie hatte den Springgarten noch nicht erreicht, als das Heulen einer Polizeisirene von der Straße her durch den Wald tönte. Julia erstarrte. Also hatte man das Verschwinden von Shadow inzwischen bemerkt und die Polizei gerufen. Was nun? Julias Herz raste und in ihrem Kopf schwirrten die Gedanken wirr durcheinander.

Sie ließ Spikey anhalten und zwang sich zur Ruhe. Sie durfte jetzt keinen Fehler machen. Es konnte gut sein, dass man auf der Danauer Mühle schon Bescheid wusste. Dann wäre es dumm, dorthin zu reiten. Sicher hatte Frau Deller oder sogar die Polizei viele Fragen an sie und sie würde nicht rechtzeitig zum Tor kommen. Wenn jemand den roten Hut gefunden und Anita ihn erkannt hatte, sah es noch schlechter für sie aus. Dann würde die Polizei sie vermutlich sofort mitnehmen, und ihre Chancen, Mailin wiederzusehen, waren gleich null. Was sollte sie nur tun?

Julia kaute verbissen auf der Unterlippe und dachte nach. Schließlich entschied sie sich dafür, nirgendwo hinzureiten, sondern direkt am Tor auf Mailins Rückkehr zu warten. Dass sie dann zu Hause einen Riesenanpfiff bekommen würde, weil sich ihre Mutter wieder massig Sorgen um sie machte, war ihr klar, ließ sich aber nicht ändern und war das kleinste Übel in dieser Sache. Ungeachtet ihres schlechten Gewissens wendete Julia Spikey. Ihre Mutter würde sich beruhigen. Aber Mailins Rückkehr durfte sie auf keinen Fall verpassen.

Das gescheckte Pony schnaubte und folgte seiner Reiterin nur widerwillig, weil es sich schon auf seinen Stall freute. Doch Julia setzte sich durch und führte es langsam den Weg zurück bis zum Tor. Dort stieg sie aus dem Sattel und band Spikey an einem von saftigem Gras umgebenen Baumstamm fest, damit er fressen konnte.

Weil es länger dauern würde und wegen der Hitze löste Julia den Bauchgurt und zog den Sattel von Spikeys Rücken. Das Pony schnaubte zufrieden.

Julia legte den Sattel auf einen großen Baumstumpf in der Nähe und setzte sich neben Spikey ins weiche Gras. Sie hatte Zeit und die Wärme machte sie müde. Schläfrig lehnte sie sich mit dem Rücken an den Stamm, schloss die Augen, horchte, dachte nach und wartete.

»Ja, das ist eine komische Sache.« Die Stimme des Mädchens ließ Julia zusammenzucken. Sie musste wohl eingeschlafen sein, denn es dauerte eine Weile, bis sie sich wieder zurechtfand.

»Es soll ja auch ein ganz besonderes Pferd sein.« Jetzt sprach ein anderes Mädchen und die Stimme klang schon sehr viel näher.

Julia stand auf und spähte durch das dichte Gebüsch, das ihren Lagerplatz vom Waldweg trennte. Auf dem Weg näherten sich zwei Mädchen auf Ponys aus Richtung der Danauer Mühle. Julia hatte die beiden schon mal auf dem Reiterhof gesehen. Sie ritten sehr langsam und waren so in ihr Gespräch vertieft, dass sie gar nicht auf ihre Umgebung achteten. »Anita war

geschockt, als sie es gehört hat«, sagte das eine Mädchen gerade.
»Geschieht ihr recht«, meinte das andere. »Vielleicht kommt sie dann endlich von ihrem hohen Ross herunter. Ist ja nicht auszuhalten, wie die sich uns gegenüber benimmt.«
»Das klingt fast, als würdest du ihr das gönnen. Also, ich wäre auch ganz schön traurig, wenn ich ein Pferd hätte und es abhauen würde.«
»Ach, die finden das Fohlen bestimmt wieder. Weit kann es nicht sein. Und wenn sie es nicht finden, hat Anitas Vater genug Kohle, um ihr ein neues Pferd zu kaufen. Aber ich möchte nicht in der Haut des Tierpflegers stecken, der die Boxentür offen gelassen hat. Ich hab auf der Danauer Mühle einmal mitbekommen, wie Anitas Vater wütend wurde. Irgendetwas war da mit White Lady nicht in Ordnung. Ich kann dir sagen ... Der Pfleger kann einem Leid tun.«
Während die Mädchen sprachen, begann Spikey plötzlich zu schnauben und gelangweilt mit dem Huf zu scharren. Julia trat zu ihm und strich ihm beruhigend über die Nüstern.
»Ganz ruhig, Spikey«, flüsterte sie ihm ins Ohr, während sie angespannt auf den Weg starrte. Hatten die Mädchen etwas bemerkt? Doch sie sprachen noch immer über Anita und ritten unbeirrt weiter. Wenig später waren sie schon so weit entfernt, dass sie durch die Bäume kaum noch zu sehen waren, und Julia atmete auf.
Auf der Danauer Mühle wusste man also schon Bescheid. Vermutlich hatte Anita dort wie jeden Nach-

mittag auf White Lady trainiert und einen Anruf bekommen. Aber das eben belauschte Gespräch hatte Julia noch etwas verraten. Die beiden hatten davon gesprochen, dass das Fohlen fortgelaufen sei. Mit keinem Wort hatten sie erwähnt, dass es gestohlen sein könnte. Julia schöpfte neue Hoffnung. Wenn niemand den roten Hut fand, hatte sie vielleicht Glück. Dann würde es möglicherweise ausreichen zu behaupten, dass sie nur zufällig an den Weiden der von der Heydes gewesen war, um einen Blick auf Anitas Wunderpferd zu erhaschen.
Julia ließ sich ins Gras plumpsen. Jetzt musste sie nicht mehr solche Angst haben nach Hause zu kommen. Doch das würde ohnehin noch eine Weile dauern. Ein Blick auf ihre Armbanduhr bestätigte Julia, was sie schon vermutet hatte. Erst halb fünf!

Ein Fohlen für Anita

Wie langsam doch die Zeit dahinschlich. Immer wieder blickte Julia ungeduldig auf ihre Uhr.
Irgendwann hatten sich die Zeiger aber doch auf sechs Uhr vorgequält und Julia wurde immer unruhiger. Nicht nur, weil Mailin nun jeden Augenblick zurückkehren konnte, sondern auch, weil sie eigentlich längst zu Hause sein musste und sich ihre Mutter große Sorgen machte.
Spikey hatte es sich schon vor einer Stunde im Gras gemütlich gemacht und döste vor sich hin, während er mit dem Schweif unentwegt lästige Fliegen vertrieb. Auch Julia musste hin und wieder ein aufdringliches Insekt verscheuchen, aber ihre ganze Aufmerksamkeit galt nun den gekreuzten Buchenstämmen. Sie wollte auf keinen Fall verpassen, wenn Mailin hindurchtrat. Doch die Zeit verrann und nichts passierte. Ihre Augen begannen vom angestrengten Hinsehen zu brennen.
Da geschah es. Julia blinzelte und plötzlich stand Mailin unter dem Torbogen der Buchenschösslinge. Sie war nicht allein. Ein kleines schwarzes Fohlen mit einer weißen, halbmondförmigen Blesse trat neben ihr aus dem Tor. Mailin lächelte und führte das Fohlen an einem Halfter mit zerschnittener Führleine auf Julia zu.
Shadow?

»Hallo, Julia. Dann haben sie dich also doch nicht in diese Klapsmühle gesteckt«, sagte Mailin lachend.
»Ich war gar nicht zu Hause«, gab Julia zu. »Ich hab die ganze Zeit hier gewartet, weil ich Angst hatte nicht rechtzeitig zurück zu sein.«
»So lange?« Mailin blickte nach Westen, wo die Sonne tief am Horizont stand. »Das gibt Ärger.«
»Und wenn schon!« Julia zuckte mit den Schultern. »Das ist es mir wert. Immerhin konnte ich mich noch gar nicht richtig von dir verabschieden.«
»Das stimmt.« Mailin schmunzelte verlegen, wurde aber gleich wieder ernst. »Hör zu«, begann sie. »In wenigen Minuten wird der Mond meiner Welt seine nächtliche Bahn vollendet. Dann wird sich das Tor schließen. Es gibt aber etwas, das ich dir vorher unbedingt sagen muss.«
»Ich höre.«
»Ich habe mit Enid, der Elfenpriesterin, gesprochen. Ich habe ihr erzählt, wie selbstlos du mir geholfen hast und in welche Schwierigkeiten du kommen kannst, weil ich deinen Hut verloren habe. Wie ich war auch Enid der Meinung, dass deine Hilfsbereitschaft dich nicht so teuer zu stehen kommen darf. Deshalb haben wir uns entschieden, Anita das Fohlen zurückzugeben.« Sie hielt Julia die Führleine des Halfters hin.
»Shadow? Aber dann war doch alles umsonst!« Julia starrte das Elfenmädchen fassungslos an.
»Oh nein! Du verstehst nicht.« Mailin deutete auf das Fohlen. »Das ist nicht Shadow. Das ist …«
»… der magische Zwilling?« Julia traute ihren Augen

nicht. Das Fohlen war eine perfekte Kopie Shadows. Obwohl, wenn sie genau hinsah, gab es einen winzigen Unterschied. Der Blick! Julia erinnerte sich gut daran, welch ein Feuer in Shadows Augen gebrannt hatte, als er Mailin zur Begrüßung entgegengestürmt war. Lebhaft, warm und voll wacher Intelligenz war sein Blick gewesen. In den Augen dieses Fohlens fand sie nichts dergleichen. Sie waren zwar so dunkel wie die von Shadow, aber träge und stumpf und schauten gleichmütig in den Wald.

»Du spürst es, nicht wahr?« Mailin hatte Julia aufmerksam beobachtet. »Aber du erkennst den Unterschied nur, weil du weißt, dass es einen magischen Zwilling gibt.«

»Was ist mit ihm?« Julia ließ das Fohlen nicht aus den Augen, während sie ihm liebevoll über die Nüstern strich. Das junge Pferd ließ die Berührung über sich ergehen, als spüre es sie gar nicht.

»Das ist ziemlich schwer zu erklären, wenn man sich mit dem Wesen der Magie nicht auskennt.« Trotzdem unternahm Mailin einen Versuch. »Du musst dir das so vorstellen: Das Fohlen ist ein Geschöpf Lavendras. Geschaffen aus einem Teil von Shadow, sagen wir mal aus ein paar Haaren, und einer Riesenportion dunkler Magie. Und da Lavendra mit dem Fohlen einen besonderen Zweck verfolgte, hat sie ihm seinen eigenen Willen genommen und es eng an sich gebunden, damit sie es nach ihrem Willen formen und beeinflussen konnte. Aber Lavendra ist nicht hier. Ihre Magie kann das Fohlen nicht erreichen – also ist sein Geist leer.«

»Das merkt Anita doch!«

»Ich glaube nicht. Das Fohlen besitzt alle natürlichen Instinkte eines Pferdes. Das, was ein Elfenpferd für euch Menschen so begehrenswert macht, zum Beispiel die Intelligenz und das besondere Feingefühl, fehlen ihm allerdings völlig. Aber das sind alles Eigenschaften, die sich erst später ausbilden. Ich denke nicht, dass jetzt schon jemand den Unterschied bemerken wird.«

»Wo habt ihr das Fohlen denn so schnell herbekommen?«, wollte Julia wissen.

»Elfengeheimnis! Das kann ich dir leider nicht sagen. Selbst mir hat Enid nicht verraten, wie sie es gemacht hat. Das Fohlen stand schon neben ihr, als ich mit Gohin und Shadow zurückkam.«

»Hm. Und was nun?«, fragte Julia mit einem Seitenblick auf das Fohlen.

»Du bringst es zurück.« Mailin sagte das so locker, als wäre es das Einfachste der Welt. »Du musst wissen, dass uns die Entscheidung nicht leicht gefallen ist. Indem wir Shadows Zwilling in eure Welt bringen, nehmen wir uns gleichzeitig jede Möglichkeit, Lavendras falsches Spiel aufzudecken und Enid wieder zu dem zu verhelfen, was ihr gebührt: ein Platz am Hof des Königs. Dennoch haben Enid und ich uns für diesen Weg entschieden, weil du auf keinen Fall in Verdacht geraten sollst, etwas mit Shadows Verschwinden zu tun zu haben.«

»Das ... ist wirklich ... nett von euch.« Julia war so gerührt, dass ihr die Worte fehlten.

»Du kannst ja sagen, dass du das Fohlen zufällig im

Wald gefunden hättest. Nach der Beschreibung von Anita hast du es natürlich sofort erkannt und bringst es deshalb zurück.«

»Klingt einleuchtend. Aber werden sie mir das auch glauben?«

»Na klar. Und mach dir keine Sorgen wegen des Pferdepflegers ...« Noch einmal hielt Mailin Julia die Führleine hin. »Die sind sicher so froh, das Fohlen wiederzuhaben, dass sie nicht weiter nachfragen.«

Zögernd griff Julia nach der Leine. »Aber ..., ich meine ..., Enid ..., wird sie nicht unglücklich sein?«

»Mach dir keine Gedanken.« Mailin lächelte. »Sie ist glücklich, dass Shadow zurück ist und dass wir mit deiner Hilfe Lavendras Plan vereiteln konnten.«

Plötzlich zuckte Mailin zusammen und ihr Blick wanderte erschrocken zum Tor. »Enid ruft mich. Es ist so weit: Das Tor beginnt sich zu schließen. Ich muss zurück. Doch zuvor ...« Mailin griff an ihren Gürtel, zog einen kleinen Lederbeutel hervor und schüttete daraus ein wenig Pulver auf ihre flache Hand. »Es tut mir Leid, Julia, aber ich muss es tun«, murmelte sie und hob die Hand an den Mund, um zu pusten. »Du hast mich gesehen und das darf nicht sein. Deine Erinnerungen sind eine große Gefahr für das Volk der Elfen.«

»Nein.« Entsetzt starrte Julia auf das Pulver in Mailins Hand. Es war dasselbe, das Mailin schon an den Ställen benutzt hatte, um den Mann und den Hund zu betäuben. Ein Pulver, das sie vergessen lassen würde, das Elfenmädchen jemals gesehen zu haben. »Mailin, bitte nicht!« Ihre Stimme war nicht mehr als

ein Flüstern. »Ich will dich nicht vergessen, Mailin! Was wir gemeinsam erlebt haben, war etwas Besonderes. Etwas, an das ich mich mein ganzes Leben erinnern möchte.«
Mailin zögerte. Auch sie fand es unfair, Julia, die doch ihre Freundin geworden war, um die Erinnerung zu bringen. Hin- und hergerissen zwischen dem, was Enid für notwendig hielt, und dem, was ihr Herz ihr sagte, stand sie vor Julia, die Hand mit dem Amnesiapulver noch immer dicht vor dem Mund.
»Ich könnte dich niemals verraten«, schwor Julia. »Warum auch? Niemand würde mir glauben. Man würde mich höchstens für verrückt halten.« Sie streckte Mailin zum Abschied die Hand entgegen. »Vertrau mir!«, bat sie leise.
Mailin hob den Blick und sah Julia in die Augen. Dann ließ sie die Hand sinken und das Pulver rieselte zu Boden.
»Gut, ich vertraue dir«, sagte sie feierlich. »Ich bin glücklich, dich getroffen zu haben, und stolz, dich meine Freundin nennen zu dürfen. Ich werde dich nie vergessen und es ehrt mich, dass auch du mich in Erinnerung behalten möchtest.« Sie ergriff Julias Hand und hielt sie fest. »Ich weiß, dass Enid sich unnötig sorgt. Du würdest mich nie verraten.«
»Niemals!« Plötzlich spürte Julia Tränen in ihren Augen. »Sehe ich dich wieder?«, fragte sie mit erstickter Stimme.
»Wer weiß?« In Mailins Augen blitzte es geheimnisvoll. Dann löste sie ihre Hand aus Julias, drehte sich um und machte sich auf den Weg zum Tor.

Davor hielt sie noch einmal inne, wandte den Kopf und sagte: »Ich wünsch dir Glück, Julia! Und ich danke dir.«
»Das wünsche ich dir auch«, erwiderte Julia. Aber sie war nicht sicher, ob Mailin ihre Worte gehört hatte, denn sie war bereits verschwunden.

Es wurde schon dunkel, als sich Julia zwei Stunden später auf den Heimweg machte. In ihrer Tasche knisterte ein nagelneuer Fünfzigeuroschein – ihr Finderlohn für das Fohlen. Wie Mailin es vorhergesagt hatte, waren alle so glücklich gewesen, Anitas Moonlight wiederzuhaben, dass niemand dumme Fragen gestellt hatte. Im Gegenteil, Julia wurde überaus freundlich empfangen und selbst die sonst so zickige Anita hatte richtig nett mit ihr gesprochen. Man hatte ihr auch erlaubt, zu Hause und auf dem Reiterhof anzurufen, damit man sich dort keine Sorgen mehr machte.
Ihre Mutter war zunächst wütend gewesen, doch dann hatte Anitas Vater den Hörer genommen und sich voller Lob für Julia bei ihrer Mutter bedankt, dass ihr Ärger in Stolz umschlug.
Mit den Worten: »Ich muss dir ein Handy kaufen, damit ich mir keine Sorgen mehr zu machen brauche«, hatte sich ihre Mutter verabschiedet.

Frau Deller war ebenfalls ungehalten gewesen, weil Julia mit Spikey so lange unterwegs war. Doch auch bei ihr hatten die lobenden Worte von Anitas Vater wahre Wunder gewirkt. Sie hatte sogar zugesagt, bis neun Uhr im Büro zu bleiben und nichts abzuschließen, damit Julia Spikey versorgen konnte, wenn sie zurückkam.
Das Tollste aber war, dass niemand Julias roten Hut gefunden hatte. Julia hatte ihn trotz des dämmrigen Lichtes sofort gesehen, als sie das Fohlen mit Anita zurück in den Stall bringen durfte. Der Hut hing in den Zweigen der Buchenhecke, durch die Mailin Shadow zum Tor geführt hatte, und Julia war es gelungen, ihn in einem unbeobachteten Moment an sich zu nehmen.

Julia ließ Spikey antraben. Sie musste sich beeilen, denn das Licht schwand nun immer schneller und der Weg war unter den Bäumen nur schlecht zu erkennen. Trotzdem zügelte sie Spikey, als sie an den gekreuzten Buchenschösslingen vorbeiritt, unter denen sich das Tor zur Elfenwelt befand, und ließ das Pony kurz anhalten.
Mailin! Schon jetzt kam Julia das, was sie in den vergangenen Tagen erlebt hatte, wie ein Traum vor. Ihre Begegnung mit dem Elfenmädchen erschien ihr zu unglaublich, als dass sie wahr sein konnte. Und doch, zu Hause in dem Umzugskarton lag Mailins Bogen, ein untrüglicher Beweis dafür, dass sie nicht geträumt hatte.
Noch einmal schaute Julia zu den Buchenstämmen

und ließ Spikey wieder antraben. Ihr Abenteuer mit Mailin gehörte der Vergangenheit an.
Julia straffte sich und vertrieb die aufkommende Traurigkeit. Die Zukunft bot noch viel Aufregendes. Schneller, als sie es jemals für möglich gehalten hatte, hatte sie sich in Neu Horsterfelde eingelebt. Sie hatte Freundinnen gefunden und sogar ein Pferd. Julia freute sich auf die Zukunft mit Svea, Carolin und natürlich mit Spikey ...

Lavendra

Gemessenen Schrittes überquerte die hochgewachsene, schlanke Elfenpriesterin im mitternachtsblauen Umhang die Weide der königlichen Elfenpferde. Ihre langen weißgrauen, von dünnen schwarzen Strähnen durchzogenen Haare waren im Nacken zu einem kunstvollen Zopf geflochten. Ihr Gesichtsausdruck war angespannt, fast zornig und schien sich mit jedem Schritt, den sie sich einem kleinen schwarzen Fohlen näherte, weiter zu verfinstern.
Die Frau an ihrer Seite war noch jung, nicht einmal halb so alt wie ihre Begleiterin, und trug das schlichte graue Gewand einer Novizin. Sie schien sich nicht ganz wohl zu fühlen. Immer wieder wagte sie es, den Kopf zu wenden, und blickte zurück zum Waldrand, wo die Pferdehüterin des Königs stand und über die Herde der Schimmel wachte.

Als könne sie spüren, dass sie mit jedem falschen Wort den Ärger der Priesterin auf sich ziehen würde, folgte die Novizin ihr schweigend durch das taufeuchte Gras und hielt den Kopf nun gesenkt.
Kurz bevor sie das Fohlen erreichten, nahm der kleine Schwarze Reißaus und suchte mit großen Sprüngen die schützende Nähe seiner Mutter. Dort blieb er stehen und beobachtete die beiden Frauen misstrauisch aus großen dunklen Augen.
Die Priesterin ging nun schneller. Auf ihrer Stirn zeigte sich eine tiefe steile Zornesfalte. Trotzdem bemühte sie sich dem Fohlen gegenüber um Freundlichkeit. Mit ausgestreckter Hand, als würde sie ihm etwas Schönes darbieten, näherte sie sich ihm noch einmal. Ihre Lippen bewegten sich und schienen lockende Worte zu sprechen, doch das Fohlen wich nur weiter zurück.
Jetzt wurde es auch der Stute zu bunt. Schnaubend hob sie den Kopf und begann nervös mit dem Vorderhuf zu scharren. Dann trat sie zwei Schritte vor und stellte sich schützend zwischen das Fohlen und die Frauen, worauf die Novizin ängstlich zurückwich. Doch so schnell wollte die Priesterin nicht aufgeben. Indem sie mit der Hand eine beschwörende Geste in die kühle Abendluft zeichnete, versuchte sie die Stute zu besänftigen.
Ihr Zauber blieb ohne Wirkung. Statt friedlich zu werden senkte die Stute angriffslustig den Kopf, schnaubte bedrohlich und machte einen weiteren Schritt auf die Priesterin zu.
Schließlich gab die Priesterin auf. Mit zorngerötetem

Gesicht drehte sie sich um und verließ die Wiese, wobei sie unablässig mit der Novizin schimpfte, die geduckt neben ihr hereilte.

»Hat sie es bemerkt?« Mailin konnte sich ein schadenfrohes Grinsen nicht verkneifen, als sie Lavendra so wütend sah.
»Ja, sie weiß es.« Voller Genugtuung blickte Enid auf das Bild in der kupfernen Wasserschale. »Vermutet hat sie es wohl seit ein paar Tagen, doch jetzt hat sie den endgültigen Beweis.«
»Was wird sie nun machen?«, fragte Mailin.
»Wer weiß das schon?« Enid machte ein Zeichen über dem Wasser. Das Bild verschwand. »Sie wird nachdenken und irgendwann etwas Neues versuchen, um an die Macht zu kommen.«
»Schade, dass wir ihr nichts beweisen können. So ist sie noch immer im Tempel, und Ihr müsst weiter hier in der Verbannung leben.«
»Ja, das ist wirklich schade.« Enid seufzte. »Aber leider nicht zu ändern. Wenn wir beide Fohlen hier behalten hätten, um dem König einen Beweis zu liefern, wäre deine Menschenfreundin vermutlich in große Schwierigkeiten gekommen. Nein, so ist es schon richtig. Die Hauptsache ist doch, dass Shadow wieder da ist und wir Lavendras dunklen Plan vereiteln konnten. Irgendwann wird sie sicher einen Fehler machen, der den König von seinem Irrtum überzeugt, und bis dahin ...«
»... werde ich sie im Auge behalten«, schwor Mailin. »Ihr seid eine gute Priesterin, Enid, die die Verban-

nung nicht verdient hat. Eines Tages, da bin ich sicher, wird jemand Lavendras doppeltes Spiel aufdecken, und der König wird Euch an den Hof zurückholen.«

Leseprobe

»Oh nein!« Julia hatte plötzlich ganz weiche Knie. Sie wusste nicht, was geschehen war, doch die schrille Alarmsirene, die von dem Gärtnereigelände zu ihr herübertönte, verhieß nichts Gutes.

Und es kam noch schlimmer. Kurz nach dem ersten Sirenenton flammten überall Scheinwerfer auf, die auf langen Masten rings um die Gewächshäuser montiert waren. Von einem Augenblick zum anderen war das ganze Areal in gleißendes Licht getaucht. Julia schloss geblendet die Augen und stolperte durch das Gebüsch auf Gohin zu.

Im Schutz der Bäume, unter denen das Pferd stand, war das Licht nicht so grell. Doch der Sirenenton hatte Gohin mächtig erschreckt. Er bockte, zerrte furchtsam an den Zügeln und wäre vermutlich davongaloppiert, wenn Mailin ihn nicht so sorgfältig festgebunden hätte.

»Ist ja gut.« Julia streckte die Hand aus und versuchte Gohin sanft über die Nüstern zu streichen. Ihre Nähe schien das Elfenpferd tatsächlich zu beruhigen, es zitterte allerdings noch immer und starrte mit gespitzten Ohren in Richtung der Gärtnerei.

Julia hörte einen Hund bellen und aufgeregte Rufe, die nur vom Wachpersonal stammen konnten. Was sollte sie tun? Von Mailin fehlte jede Spur und die Stimmen klangen bedrohlich nahe.

Ich muss hier weg, schoss es ihr durch den Kopf. Und das Pferd auch. Mit fliegenden Fingern versuchte sie

Gohins Zügel vom Baum zu lösen, hatte damit jedoch einige Mühe, denn der Schimmel tänzelte noch immer nervös und konnte es offensichtlich nicht erwarten fortzukommen. Schließlich gelang es ihr. Sie gab dem Elfenpferd einen kräftigen Klaps. »Schnell weg hier!«, sagte sie leise, und schon war Gohin im Unterholz verschwunden. Für einen Augenblick kamen Julia Zweifel, ob sie das Richtige getan hatte, doch sie schob sie energisch beiseite. Das weiße Pferd war im Mondschein viel zu auffällig. Mailin und Gohin würden sich schon irgendwie finden, dessen war sie sich sicher. Das Wichtigste war, hier zu verschwinden, bevor man sie entdeckte.

»Kannst du was sehen?«, hörte sie plötzlich einen Mann rufen, der sich ganz in der Nähe befinden musste. Hastig duckte sie sich in den Schatten eines Brombeerbuschs.

»Nein!«, kam die Antwort von weiter weg. »Hier ist niemand.« Ein Rauschen ertönte, als ob jemand ein Funkgerät einschaltete, und der erste Mann sagte: »Stellt die verdammte Sirene ab! Ihr hetzt uns noch die Polizei auf den Hals.«

Das schrille Kreischen verstummte. Nur das Rauschen des Funkgeräts war noch zu hören.

Ganz ruhig bleiben, ermahnte Julia sich selbst in Gedanken. Die Stimmen klangen so nah, dass sie kaum zu atmen wagte.

»Habt ihr etwas entdeckt?«, meldete sich eine verzerrte Stimme aus dem Lautsprecher.

»Nur die zerbrochene Scheibe, sonst nichts«, erklärte der Mann. »Freds Hund hat eine Spur gefunden,

aber die führte zu einem Fuchsloch am Zaun. Er hat sich aufgeführt wie wild, obwohl weit und breit nichts zu sehen war. Wenn du mich fragst, ist da irgendetwas gegen die Scheibe geknallt.«
»Muss aber ziemlich groß gewesen sein«, tönte es aus dem Funkgerät. »Sucht weiter!«
Der Mann brummte etwas Unverständliches und seine Schritte entfernten sich.
Julia wartete noch einen Moment ab. Schließlich stand sie auf und bewegte sich langsam in den Wald hinein. Zunächst schlich sie leise durch das Unterholz, dann begann sie zu laufen. Sie lief, ohne darauf zu achten, wohin der Weg führte. Hauptsache fort, weit fort von dem Licht und den Wachleuten.
Scharfes Seitenstechen zwang sie schließlich dazu, anzuhalten. Erschöpft lehnte sie sich an einen Baumstamm und rang um Atem. Vor ihren Augen zuckten kleine Blitze, die Beine zitterten und der stechende Schmerz erlaubte es ihr nicht, aufrecht zu stehen. Es dauerte lange, bis sie in der Lage war, sich umzublicken. Das fahle Mondlicht warf bizarre Schatten auf den Boden. Die hoch aufragenden Buchenstämme wirkten starr und abweisend. Eine Buche gabelte sich unten in zwei dicke Stämme, sodass Julia den Eindruck hatte, der Baum würde mit erhobenen Armen vor ihr stehen, um sie zu erschrecken. Wo um alles in der Welt war sie? Wie hatte sie nur so gedankenlos sein können, blindlings davonzurennen?

(Aus: »Geheimnisvolle Reiterin – Shadow in Gefahr« • ISBN 3-401-45108-1)

Geheimnisvolle Reiterin

Monika Felten

Shadow in Gefahr

Julia und ihre Freundinnen haben alle Hände voll zu tun. Am Wochenende soll eine wichtige Dressurprüfung stattfinden. Die Mädchen fiebern dem großen Reitertag entgegen und verbringen jede freie Minute im Reitstall, um rechtzeitig mit den Vorbereitungen fertig zu werden.

Währenddessen steckt Mailin, Julias Freundin aus dem Elfenreich, in großen Schwierigkeiten. Shadow, das todkranke Fohlen von Prinz Liameel, wird die Nacht nicht überleben, wenn nicht bald das rettende Heilkraut gefunden wird. Die königlichen Reiter sind nach erfolgloser Suche mit leeren Händen zurückgekehrt. Hat die heimtückische Mondpiesterin Lavendra ihre Hände im Spiel? Mailin gibt nicht auf. Ein Wettlauf mit der Zeit beginnt – und ein spannendes Abenteuer ...

192 Seiten. Ab 11 Jahren. ISBN 3-401-45108-1

ENSSLIN

384 Seiten Lesespaß

Christa Schütt

Ein prima
Reiterteam

Das Trio mit dem Pferdetick

Nina, Heidrun und Sarah suchen nach einer neuen Unterkunft für ihre Pferde und starten das Abenteuer Offenstall. Das bedeutet eine Menge Arbeit – dafür Freiheit pur.

Das prima Team vom Pferdehof

Kurz vor der Heuernte hat Uwe, der Inhaber des Kastanienhofes, einen Unfall und muss ins Krankenhaus. Jule bietet sich als Helferin an – schließlich steht ihre Stute Fjala dort. Jeder Tag bringt Überraschungen und stellt das Team vor neue Aufgaben.

Jedes Pferd braucht einen Namen

Ein Umzug aufs Land? Ja super, dann bekommen Heike und Gesa endlich ein eigenes Pony. Felix soll das Pony heißen, denn Felix heißt: „der Glückliche" …
Ob sich Heikes und Gesas größter Wunsch bald erfüllt?

384 Seiten. Ab 11 Jahren. ISBN 3-401-45096-4

ENSSLIN